Atelier

아틀리에

_아틀리에

아틀리에는 어느 날, 문득, 소집된 책쓰기 팀이다. 반별로 나름 책쓰기를 잘해 만났지만 우리는 묵은 땅을 갈아엎듯이 새로운 책쓰기를 해야 했다. 전체 글 내용에서 단어 하나까지 몇 번이고 바꾸고 다듬었다. 처음에는 잘 드러나지 않던 각자의 색이 함께 책을 쓰면서 오히려 선명해지고, 선명함이 어우러지면서 책이 더 멋있어지는 느낌이었다. 달라서 서로가 필요하고 서로 소중했다. 우리끼리 만든 아틀리에가 이제 세상의 한 색깔로 어우러질 시간이다.

육나연, 김도연, 박재희, 박현진, 박지민, 최예린, 이다연, 이승희, 하지은, 이광형, 배수정, 김규랑

아틀리에 ATELIER

초판 1쇄 인쇄_ 2018년 5월 4일 | **초판 1쇄 발행_** 2018년 5월 10일
지은이_아틀리에 | **엮은이_**이금희
펴낸이_진성옥 외 1인 | **펴낸곳_** 꿈과희망
디자인 · 편집_김창숙, 박희진 | **마케팅_**김진용
주소_서울시 용산구 백범로90길 74, 대우이안 오피스텔 103동 1005호
전화_02)2681-2832 | **팩스_**02)943-0935 | **출판등록_**제2016-000036호
e-mail_ jinsungok@empal.com
ISBN_979-11-6186-030-5   43810

Atelier

아틀리에

열여덟, 빛나고 아름다운 존재들이 꿈꾸는 자화상

아틀리에 지음 ― 이금희 엮음

대구광역시 교육청 책쓰기 프로젝트

꿈과희망

내가 만드는 빛깔 인생

올 학기 초 나는 2학년 문학 수업을 담당하게 되었다. 문학 소녀 소년의 낭만이 여전히 어울리는 열여덟 나이, 함께 시를 읽고 혹은 쓰고, 소설 속 영웅이 되어 로맨스를 맛보고, '가시리'의 화자가 되어 시공을 넘나드는 야릇하게 설레는 문학 수업, 도서실 서가에서 책을 고르는 아이의 미간에 어린 들뜸.

하지만 나의 설렘이나 상상과 달리 현실은 냉랭하다. 학생들은 '문학'을 수능의 '문학 영역'으로만 이해하고 있고, 실제 많은 교실에서의 시 수업은 밑줄 쫙악~, 소설 수업은 내용의 한 부분만 잘라 읽고 문제 풀이하는 시간으로 바뀐 지 오래되었다.

왜 문학을 배우는가? 우리는 문학 수업으로 어떤 성장을 꿈꾸는가? 질문을 던져 본다. 한 학기 동안 내 문학 수업의 방향타가 될 질문을 오래 입에 물고 씹었다. 그리하여 '수능'이라는 답지 대신 내가 찾은 답은 '공감과 치유'였다. 우리는 문학 수업을 통해 타인의 삶에 대한 이해와 공감 능력을 익히게 되고, 다시 독자인 자신에게로 돌아와 자신의 삶을 공감하고 스스로의 삶에 질문을 던지는 경험을 하게 되는 것이다. 껴안아주기, 그게 타인이든 자신이든 따스하게 안아주는 경험을 할 수 있는 문학 수업은 충분히 가치 있지 않을까.

정말 아름답게도 학생들은 공감 능력이 뛰어나다. 선입견 없이 순식간 마음을 열고, 순수하고 정직하게 자신의 손을 내밀며 말랑말랑한 심장의 온기를 건넬 줄 안다. 그러나 의외로 그런 공감이 쉽지 않은 존재가 있다.

"애들아, 너희와 제일 공감이 안 되는 존재가 누구니?"

"엄마요~"

"선생님들요~"

"시험과 공감이 안 되어요.~"

왁자하게 아이들이 웃는다.

"선생님이 보기에 너희와 제일 공감이 안 되는 사람은 바로 너희 자신인 거 같아. 친구한테는 진심으로 인정과 위로의 말을 건넬 줄 알면서도 정작 가장 잘 알아줘야 할 자신에게는 별로 공감을 안 해주는 거 같아."

내가 곁에서 본 바로는 친구의 아픔에 함께 가슴 아파하고, 낙담한 친구에게는 긍정의 손길을 잘도 내미는 아이들이 정작 자신에게는 냉엄하고 차갑다. 조금의 실수도 용납해주지 않고 자신이 가진 가능성보다는 부족한 점에 매몰되고, 미래 앞에 주눅 들어 있다. '현재의 모습 그대로 세상에서 가장 소중하고 귀한 존재는 너'라는 말을 자신에게는 건네지 못한다. 너무 오래 경쟁과 승부에 노출되어 있었기 때문일까.

"애들아, 공감하려면 어떻게 해야 하니?"

"이야기를 들어봐야 해요."

"맞아."

그래서 문학 수업 중 한 시간을 할애하여 한 학기 동안 이야기 듣는 연습을 하기로 했다. 바로 '자서전 책쓰기'를 시작한 것이다. 학생들이 자신을 들여다보고, 객관화하고 나아가 스스로 인정하고 격려하는 문학 수업, 꿈꾸고 상상하는 책쓰기 수업을 시작하였다.

보통 자서전은 살아온 자신의 이야기를 담는다. 하지만 우리는 열여덟 살의 자서전으로 쓰지 않고 더 먼 훗날의 자서전인 것처럼 썼다. 마치 미래의 어느 시간을 다녀온 시간 여행자처럼 자신이 아름답게 피어날 한 공간을 능청스럽게 회상하듯이 썼다.

"네가 상상하는 대로 이루어질 거야."

나는 꿈 꾸는 행위의 위대함을 믿는 사람이다. 그래서 상상하라고, 맘껏 꿈꾸라고 이야기했다. 대입이라는 눈앞의 가림막 때문에 상상조차 망설였던 자신의 삶을 과감하게 그려보고 맛보게 하고 싶었다. 그들 하나하나가 얼마나 아름답고 빛나는 존재인지 만나보게 하고 싶었다.

2학년 전체 학생이 자서전을 썼다. 글을 잘 쓰든 못 쓰든 누구나 할 수 있는 자기 만나기 수업이다. 가능하면 글쓰기 수업으로 흘러가지 않게 부담을 줄였다. 최소한의 기준만 제시하고 편하게 시작하도록 했다.

열 줄이면 돼, 이미지로 페이지를 채워도 돼.
대신 검열하지 말고 그냥 막 써~
떠오르는 것이면 과거든 미래든 그냥 쏟아내듯 적어 봐~

자신과 공감하기 위해서는 한두 번의 일회적 활동이 아닌 제법 긴 흐름

의 들여다보기 시간이 필요하고, 그 대상은 철저히 '자신'이어야 한다. 시인 윤동주가 그의 〈자화상〉에서 말하였듯이.

산모퉁이를 돌아 논가 외딴 우물을 홀로 찾아가선
가만히 들여다봅니다.[1]

자신을 만나려면 번잡한 일상의 마을을 벗어나 '산모퉁이를 돌아 논가'에 있는 '외딴 우물'을 찾아가야 한다. 그 여행은 철저히 '홀로 찾아가'는 것이고, 가서도 '가만히' 들여다보아야 한다. 그 우물에 달과 구름과 하늘이 보이다가 드디어 '한 사나이'가 나타날 때까지 홀로 가만히 들여다보아야 한다.

청년 윤동주처럼 학생들은 한 학기 동안 컴퓨터를 우물 삼아 자신의 이야기에 귀를 기울였다. 우물가에서 맴돌던 아이들도 어느덧 누군가와 만나 토닥토닥 어깨를 어루만지고, 미래의 낯익은 누군가를 만나 보조개 지으며 웃기 시작했다.
수업 시간 내내 시간의 돌다리를 두드리는 자판 소리가 고요하게 이어졌다.

각자 쓴 자서전을 모아 반별로 2권씩, 총 24권의 '동문고 자서전 책'을

---

1) 윤동주, 자화상

만들었다. 그리고 더 애틋한 것들로 다시 한 권의 『아틀리에』를 만들었다. 세상에 귀애하고 사랑스럽지 않은 존재가 어디 있겠느냐만 '언제나 넘치는 사랑과 슬픔 속에 살도록 만들어진'[2] 더 애틋한 것들은 있기 마련이다.

열두 명의 애틋한 존재들은 마치 오래 전 약속한 사람들처럼 서로를 알아보았고 좁지만 따스한 수석실은 그네들이 온갖 색깔로 화사하게 꽃 피우는 화실이 되었다. 우리는 제법 즐겁게 편집 방향을 이야기하고, 원고를 수정하고, 친구 목소리에 나직하게 웃고, 귓볼에 간지러운 수다를 던지곤 했다. 어두워지는 저녁 너머로 하늘은 열두 층으로 넓어지고 학생들은 부쩍 키가 자란 듯했다.

낮은 자존감으로 이루어졌던 책쓰기는 어느새 누구도 흉내낼 수 없는 멋진 과거와 꿈들로 물들어 아주 자랑스러워졌고, 무엇보다 내 인생에 대해, '나'에 대해 자신감이 생겼다.

물론 책쓰기를 한다고 모든 학생이 글을 잘 쓰게 되고, 자신감을 가지게 되는 것은 아니다. 하지만 "나에 대해, 내 인생에 대해 이렇게 오래, 집요하게 생각해 본 적이 없었다."는 학생의 말은 책쓰기 수업이 학생들에게 어떤 의미로 다가갔는지를 잘 보여준다.

---

2) 백석, 흰 바람벽이 있어

  학생들이 자신의 삶에 대해 어떤 고민을 하고 어떤 결정을 내리는지 교사가 일일이 지도하거나 점검하기는 어렵다. 교사가 해줄 수 있는 것은 '들여다보고 상상하는 시간을 만들어주고, 그 시간이 충분히 가치 있음을 알려주는 것'이다. 당연한 권리처럼, 누구나 학교 수업의 이름으로, 자신의 우물을 들여다보도록, 산모퉁이로 걸어갈 시간을 주는 것, 그런 책쓰기라면 우리는 충분히 문학 수업을 했다 할 수 있지 않을까?

  함께 책쓰기 수업을 했던 강미자 선생님, 정원석 선생님께 감사드린다. 그리고 학생을 위한 지원이라면 아낌이 전혀 없는 황윤백 교장 선생님, 김봉준 교감 선생님께도 감사드린다. 무엇보다 열두 빛깔의 아름다운 인생을 펼쳐 보여준 동문고의 학생 저자에게 큰 감사를 드린다. 낯선 길을 함께 걸어 마냥 행복한 책쓰기 시간이었다.

하늘 맑은 수석실에서
이금희 엮어 올림

Contents···*Atelier*

A T E L I E R

제 1 부

What To Do

WRITING / PHOTO . 육 나 연

육 나 연

2000년에 대구에서 태어났다.
뭔가를 시도하기가 두려워 못하게 되면
시도해 보지 못하고 끝나는 인생이
더 두렵다고 생각할 때부터
여행이라는 막연한 꿈을 가졌고
여행에서 자유를 알았을 때쯤
아티스트의 꿈을 키웠다.

ARTIST

　나는 어릴 때, 보드를 타며 묘기를 부리고 싶어서 보드를 샀고, 길가에서 강도를 만나도 간단히 꺾을 수 있으면 해서 복싱도 등록했고, 쓰나미가 났을 때를 대비해 수영도 등록했었다.

　보드는 두어 번 타다가 뭐 어디 잘 보관 중이고, 복싱과 수영은 몇 달 하고 때려치웠다. 길 가다 괴한을 만날 확률과 우리 동네가 물에 잠길 만큼 희박하고, 물난리가 날 확률이 내가 무언가를 배워 성공할 확률보다 낮다고 생각하니 포기하기 쉬웠다. 그렇게 뭘 해도 꾸준히 하는 게 없었던 내가 생각해 보면 붓은 늘 잡고 있었다.

　옛날뿌터 무슨 이유였는지 내가 당연히 화가가 될 줄 알았다. 그랬던 만큼 당연히 그림과 살아왔고 자연스레 내 꿈과 그림을 매치시켰다.

　내가 진정 무엇을 하고 싶나, 너무 하나만 좁게 생각해 온 게 아닐까 하는 생각도 번번이 해봤지만 결국 답은 달라지지 않았다. 공부든 뭐든 1시간을 가만히 앉아 있지를 못하는 내가 연필을 잡고 붓을 잡았을 땐 밤도 샐 수 있었다.

지금, 아티스트의 길을 선택한 내 삶은 생각했던 것보다 훨씬 멋있다.

FOR THE FIRST TIME

15살, 어린 나이에 여행의 소중함을 선사해주신 이원희 선생님께 감사드립니다.

나는 지금 해외여행을 하고 있다. 벌써 뉴질랜드에서의 하룻밤이 지나가는데, 이 한 문장 쓰면서도 실감이 안 난다.

도착하고 뉴질랜드 공항을 나오며 첫 발걸음을 뗐을 때부터 끊임없이 탄식이 나왔다. 오클랜드에 도착해서 하루 종일 다른 나라 땅을 밟고, 공기를 마시고, 음식을 먹었다는 게 신기하고 놀랍다.

읽었던 동화 중에 갑자기 이상한 나라로 가게 되어 몇 달이 지나는 줄도 모르고 살다가, 집으로 돌아왔을 때는 한 시간도 채 안 되어 있었다는 소녀의 이야기가 있는데, 이 여행이 끝났을 땐 아마 내가 그 소녀가 되어 있지 않을까 싶다.

오늘 여기 도착해서 제일 처음 갔던 곳은 맥도날드다. 배는 고프지, 입은 안 열리지, 타국이긴 하지만 번호 하나 부르고 입맛에 안 맞아서 버리는 일은 없다고 확신할 수 있는 곳. 이 나라에서 햄버거만 너무 먹어서 내 음식에 햄이 안 들어가는 일은 없으면 한다. 짧은 여행이지만 끝나기 전까진 외국인한테 길도 물을 수 있는 내가 되면 좋겠다.

한 발짝 한 발짝이 꿈길 같은 이곳에서 좀 더 행복하고 나다워질 수 있는 시간을 간절히 꿈꾼다.

요새는 대학에서 디자인을 전공하며 해외 활동도 많이 다니느라 엄청 바쁘다. 대학에서 하는 프로그램이란 프로그램은 다 신청하곤 했다.

그렇게 찔러 넣고 다닌 덕에 한 달 전, 정말 간절하게 원했던 해외 작업 공모에 합격해서 프랑스 파리에 그림 작업을 하러 가게 되었다. 사실 말이 그림 작업이지 파리 자유여행이나 다름없었다. 학교 측에서 조그마한 숙소도 마련해 줘서 편하게 한 달 동안 여행을 즐기고 올 수 있게 되었다.

이번 여행에 보보를 데려가기로 결심했다. 한참 십대 때 SNS에서 강아지와 함께 세계여행을 하던 글을 봤었다. 참 좋겠다, 나도 언젠간 저렇게 강아지랑 여행 가야지 하며 버킷리스트에 끄적였던 게 현실이 되었다. 우리 집 개랑 파리여행을 떠나게 되다니.

꿈만 꿔 왔던 일은 절대 일어난 적이 없는데 벌써 내일, 나는 보보랑 파리여행을 떠난다.

HAPPY FRAME_2

믿을 수 없다. 나는 지금 우리 집 개랑 프랑스 파리에 와 있다. 오늘은 파리에서 현지 디자이너 분들과 작업이 비는 날이라 하루 종일 보보랑 놀았다.

파리는 생각한 것만큼 로맨틱한 나라는 아니었다. 숙소는 덥고 지저분하다. 조용하고 작은 나라들 찾아다니다가 선진국이란 데를 오니 적응이 안 돼서 그런가. 그래도 여행한 곳 중 가장 낭만적이고 아름답다고 말할 수 있다.

내가 잠깐 묵고 있는 좁은 숙소는 벽 한 면이 큰 유리창인데 이 유리창으로는 밤이면 환하게 불을 켠 에펠탑이 창에 꽉 들어찬다. 그러면 창가에 앉은 나와 강아지가 큰 유리창에 비쳐서 반짝이는 에펠탑과 겹쳐 보인다. 마치 꿈을 이뤘다고 축하해 주는 파리의 선물을 받는 기분이다.

눈을 찌르는 별빛과 에펠탑의 불빛, 유리창에 비친 내 모습이 마치 액자 안에 그려진 한 그림처럼 너무 아름다워 숙소에 머무르는 종종 새벽이 올 때까지 밤새도록 액자 속 그림 삼아 유리창을 바라봤다.

눈물 나게 아름다운 이 풍경을 보려고 지금까지 살아온 게 아닐까 싶다.

살면서 내가 본, 그리고 볼 가장 행복한 그림이라고 나는 확신한다.

DIVE

중학교 3학년 막 시작할 때쯤, 나는 뉴질랜드로 여행을 갔었다. 첫 여행은 후회하는 게 많다는 말이 괜히 있는 게 아니다. 아쉬웠던 건 손에 꼽지도 못할 만큼 많지만 제일 후회 했던 건 타우포 번지점프였다. 번지점프 한 번에 20달러면 완전 거저인데다 그 전망에 뛸 수 있는 기회 또한 평생에 한 번 꼴의 확률이었다. 난 그 기회를 저버린 것이다. 덕분에 '뉴질랜드' 하면 '타우포 번지 안 뛴 것'이 자동으로 튀어나올 정도로 후회를 했다.

그 이후로는 버킷리스트에만 고이 적어두고 25살 지금까지 미뤄 왔다. 이제 버킷리스트를 하나씩 이뤄 볼 때가 되었다는 생각을 할 여유가 있어질 때쯤, 주저않고 배낭을 멨다.

10년 전 걸었던 루트를 똑같이 따라 여행을 즐기고, 타우포에 도착했다. 그때 봤던 새끼고양이는 나이가 들어 나를 반겨주었다. 주저하면 또 안 뛰게 될까 봐 달려가듯 점프대로 향했다. 10년 전에 봤던 그때의 화면을 그대로 보는 기분이었다. 너무 그림같이 황홀하고 아름다워서 뛰면 그림에 빠져 버리는 게 아닐까 하고 접어놨던 10년 전 용기를 활짝 펴고 점프대 밖으로 발을 내디뎠다.

빠져드는 길이 너무 아름다워서 눈물이 났다. 예뻐서 보단 버킷리스트에서 제일 큰 뭔가가 없어졌다는 생각에 아쉬워서 흘린 눈물이 더 많았다. 내가 이걸 정말로 이뤄 낼 줄 누가 상상이나 했겠냐는 말이다.

이 정도면 이번 생은 완벽하게 성공한 삶을 살고 있다.

PHOTO

　학원 가기 전 시간이 남아서 삼각대를 잡고 타이머로 몇 장 찍던 게 이렇게 큰 영향이 되어 나에게 와 닿을 줄은 상상도 못 했다. 사진. 그림으로 그려낼 필요 없이 셔터를 누르기만 하면 수백 수천 개의 구도와 색감이 나오는 게 너무 신기하고 재밌었다.

　카메라를 잡고 한 바퀴만 돌면 생각지도 못한 것들이 눈에 담겼다. 카메라는 내게 더 많은 이미지를 탐구하고 더 넓은 시야를 시도하게 했다. 집구석에서 나뒹굴고 있던 카메라가 없었다면 나는 지금만큼 성장하지도 못했을 것이고, 지금까지 카메라로 인해 길러왔던 감각 또한 어느 낮은 그 선언저리에 머무르고 있을 것이다.

　SNS의 반응도 좋았다. 그 반응을 지켜보는 것도 또 하나의 재미였다. 단순히 취미로 시작했지만 내 삶의 큰 일부가 되어 있었고, 22살의 나는 어느새 사진작가로도 활동하고 있었다.

　사진을 시작하며 내 시야의 모든 순간을 담고 싶고, 그 잠깐의 장면에서 더 아름다운 순간을 무의식적으로 찾아내고 있었다.

어릴 때나 지금이나 미술관을 참 자주 갔다. 수많은 작품을 보면서 내 그림이 걸려 있는 모습을 늘 꿈꿔 왔다.

그 기대에 부응하듯 23살 여름, 첫 전시 의뢰가 들어왔다. 전화를 끊고 한참을 벙쪘다. 한 층이 내 아트웍으로 가득 채워졌다. 그 어느 때보다 열심히 작업했다. 밤을 새워 작업했고 밤을 샐 수 있다는 게 즐겁고 감사했다.

작품소개로 여러 번 미술관을 오갔지만, 작가가 아닌 그냥 한 미술관 관람자로 갔을 때의 느낌은 현존하는 단어로 표현할 수 없을 만큼 벅찼다. 동경의 시선으로 봤던 미술관에서 내 작품을 감상하고 있는 기분은 세상 어느 느낌보다 짜릿했다.

이번 작품 전시 후에 다른 전시 의뢰가 또 계속 들어온다고 해도, 설레는 기분은 가라앉지 않을 것 같다. 갈수록 더 들뜨고 기쁠 것이다.

많은 사람들의 눈이 담아간 내 그림을 뚫어지게 쳐다보았다.

Realization=Vivid dream

어릴 때부터 카페를 집같이 해왔다. 무슨 일을 할 때든 카페가 좋았고 그 어느 곳보다 편안하고 아늑했다. 그러다 보니 내 카페를 차리는 건 내가 미술을 택한 것만큼 자연스러운 꿈이었다.

미술 공부를 하며 전 세계를 여행하고 그러다 내가 인테리어에 운영까지 도맡아 하는 카페를 차려 여유로운 생활을 즐기는 것. 그런 그림 같은 로망이 있었다. 카페, 여행, 그리고 그림은 나에게 '행복' 했을 때 머릿속에 기계처럼 그려지는 세 가지 요소이다.

내 카페를 차리고 싶었다.

카페를 차리고 그 안에서 나른하게 하루하루를 보낼 형편은 안 되지만 내년이면 내 20대도 막을 내린다. 지금보다 더 바빠진다 해도 형편 생각하며 하고 싶은 일 미뤄두기엔 인생은 너무 짧다. 다들 안정적인 삶을 추구하지만 늘 안정이 꿈을 가로막는다. 누군가 그랬다. 평생의 꿈을 가로막는 건 시련이 아니라 안정이라고, 현재의 안정적인 생활을 추구하다 보면 결국 그저 그런 삶으로 끝날 것이라고.

그래서 나는 5달 전, 내 오랜 계획을 실행에 옮기기로 했다. 모아둔 돈을 탈탈 털어 본격적으로 공사를 시작했다.

간판이 작고, 색깔로 따지자면 노을이 질 때쯤 창문으로 살짝 들어오는 햇빛 색의 은은한 갈색 카페. 새벽의 느낌을 주지만 쌀쌀하지 않은 신비로운 카페는 춥지 않은 어느 겨울날 조용히 문을 열었다. 카페를 들어왔을 때 받았으면 하는 느낌을 손님들도 알아준 건지 카페는 꽤나 안정적으로 돌아갔다.

지금도 노란빛의 예쁜 조명이 카페를 밝혀주고 있다.

UNTITLED

: 100번째 여행을 끝마치며

#여행에 대한 가치관_작가

"그림 공부를 하며 전 세계를 여행할 것이다."

중2 때부터 진로 희망사항에 꾸준히 적어온 말이다. 그리고 결국 지금 난 그 꿈을 이루었다.

여행만 하고 산다는 것.

많은 사람들이 나를 여행만 하고 사는 복 터진 사람으로 보지만 난 사람들이 하는 대부분의 것을 포기하고 제일 좋아하는 걸 선택한 것뿐이다. 비우지 않으면 채움도 없다. 남들은 내가 대단한 일이라도 하는 것 같이 봤지만 다른 사람이 알바를 뛰며 갖고 싶은 걸 사는 것과 같은 논리로 옛날부터 나도 하고 싶은 여행을 위해 그림을 그리며 돈을 모으는 것뿐이었다.

하지만 다들 여행을 해보며 느끼겠지만 여행으로 인해 얻는 건 그다지 크지 않을 수도 있다. 나는 여행을 통해 내 길을 만들어왔고 그 친구가 했던 말처럼 좋아하는 일을 위해 살아왔고 또 살아가지만 이 불안한 길에서 열정만 갖고 길을 개척하기란 쉬운 일은 아니었다. 그럼에도 이 길을 걷는 건 여행이 주는 다른 어떤 일보다도 큰 즐거움과 행복을 바라보며 불안해도 자꾸 스스로 괜찮다, 괜찮다 되뇌었던 거다.

여전히 많은 이들은 여행을 통해 달라지는 본인을 기대하지만 여행의 장단점은 분명히 나눠진다. 디자이너의 길을 택했던 것도 돈 모아 여행하는 삶을 기대하고 택한 어느 도구 같은 것이었지만 살다 보니 그건 쉬운 일은 아니었고, 그렇다고 여행만 하며 사는 삶을 택하는 것이 크게 어려운 일도 아니었다.

사실 여행이야 그냥 비행기 표 끊어 배낭 메고 떠나기만 하면 되는 건데 사람들은 자꾸 여행을 통해 많은 것을 배운다고 말한다. 당연히 여행을 떠나 뭔가를 배우고 또 다른 행복을 찾기도 한다. 하지만 여행을 안 간다고 틀린 것도 아니고, 그렇다고 여행을 간다고 무조건 인생을 알게 되는 것 또한 아니라고 생각한다. 모두가 행복한 여행을 한다고 생각하지만 그 속에는 행복, 분노, 슬픔이 녹아 있고 우리는 그 과정을 여행으로 겪으며 한발짝 풍요로워질 뿐이다.

여행을 떠난 이들은 뭔가를 비웠기에 다른 것을 채울 수 있는 것이고, 떠나지 않는 이들은 용기가 없는 것이 아니라 다른 더 소중한 것으로 채워져 있기 때문에 비우지 않는 것일지도 모른다. 각자의 길에서 열심히 그것들을 지키기 위해 선택하며 인생을 살아가고 있다고 생각한다. 그 가치관을 내가 쉽게 판단할 수는 없는 법이다.

좋아하는 일만 하고 사는 것처럼 보이는 사람들은 그런 것처럼 보이지만 이런 삶을 살기 위해 많은 것들을 비워야 하는 법을 연습하느라 매일 스스로를 괴롭힌다는 것. 좋아하는 한 가지 일을 위해 어떻게든 잘 되겠지. 나를 믿을 수밖에 없는 이 길이 무섭고 외롭지만 어떻게든 잘 되겠지 하는 생각으로 마침표를 찍는다.

후
기

나는 아직 열여덟이다.

수없이 많은 붓과 연필을 가졌고 '미래' 라는 캔버스는 너무나도 넓다.

아직 열여덟이기에 근본 없는 미래에 대한 얘기가 재미있을 수 있고

그렇기에 내 망상이 좀 더 맥락 없어질 수 있다.

나를 포함한 모든 사람들의 미래는 안정적이어야 하지만

지겹지 않게 변하지는 않아야 한다.

이번 책쓰기는 그 압박감 속에서 순수하고 단순하게

꿈을 가질 수 있었던 시절의 마음으로

내가 진짜 원하는 내일을 그려보는 시간이었다.

이거 보란 말이야

WRITING / PHOTO . 김 도 연

김 도 연

처음에는 아무 생각 없이 막 썼는데 반응이 좋아서 부담이 되었다.

그래서 생각하면서 쓰니까 잘 안 써져 힘들었다.

맞춤법을 지지리도 어려워해서 (애들이 맨날 맞춤법 고자라고 놀림)

어릴 때 눈높이 서술형은 맨날 읽지도 않고 별표를 칠 만큼 글을 잘 안 썼는데

이번 국어 수업 덕분에 이렇게 글을 많이도 써 본다.

그래도 네*버 맞춤법 검사기가 있어서 많은 의지가 되었다.

없었으면 큰일 날 뻔했다. 네이* 포에버

* 본 이야기는 99.9% 실화를 바탕으로 작성하였음을 알려 드립니다*

용연사 계곡

 중2 여름 방학 때 애들이랑 용연사 계곡에 가기로 했다. 가서 고기도 구워 먹으려고 프라이팬도 챙기고 돗자리도 챙겨서 지하철 타고 버스 타고 짐 바리바리 싸 들고 갔다. 가기 전에 좀 알아봤는데 계곡 중에 한 곳만 2m가 넘는 깊은 곳이 있다고 했다. 우리는 거기에 갔다. 사람이 많았다. 그 많은 사람들 중에 담배 피고 허벅지에는 팔뚝만한 잉어가 살고 있는, 나이는 우리랑 비슷해 보이는 여자애가 있었다. 우리는 그 여자를 '문신녀'라고 불렀다. 걸리면 뼁 뜯길 거 같아서 눈에 띄지 않도록 조심하기로 했다.

내가 물가로 내려가려고 하니까 사람들이 안 비켜주고 다 돌을 잡고 있었다. 난 그냥 그 사람들이 배려를 안 해주는 줄 알았다. 그때 갑자기 어떤 사람이 나와서 거기로 들어갔다. 애들은 다 무섭다고 해서 나 혼자 먼저 들어갔다.

이때까지만 해도 옛날에 수영을 배워서 웃으면서 당당히 들어갔다. 그래도 혹시 모르니까 비치볼을 안고 갔다.

발이 안 닿았다. 살짝 당황했지만 괜찮았다. 나는 물에서 힘 빼면 뜨니까 당연히 뜰 줄 알고 비치볼을 살짝 놓았다. 근데 웬걸 바닥으로 쑥 빨려 들어가는 느낌이었다. 놀라서 힘을 빡 주고 있었다가 팔에 힘이 빠져서 공을 놓쳤다. 놓치자마자 바로 물 안으로 가라앉았다. 너무 놀랐다. 2m라고 해서 그냥 바닥에 발로 찍고 올라올 정도는 되는 줄 알고 잠깐 기다렸는데 더 내려갔다. 망했다. 발이 안 닿았다. 이러다가 진짜 죽겠구나 싶어서 나가려고 용을 썼다. 그럴수록 더 꼬르륵했다. 진짜 밑에 구멍이 뚫려서 빨려가는 느낌이었다. 진짜 살려고 장난 아니고 첨벙첨벙했다.

어릴 때 수영 배운 거 다 쓸모없었다. 그때 어디선가

"야, 저기 구해 줘야 되는 거 아이가?"

하는 소리를 들었다. 그래서 난 그때

'아 드디어 살았구나.' 안심했다.

아무도 안 왔다.

드라마에서 보면 죽기 전에 과거 회상하는 장면이 나오던데 다 연출인 줄 알았다. 근데 진짜였다. 순간적으로 옛날 생각이 났다. 그러다가 애들을 봤다. 웃고 있었다.

망할 년들… 진짜 연 끊을 뻔했다. 내가 장난치는 줄 아는 거 같았다. 발버둥치다가 한쪽 샌들이 빠졌다. 그때 옆에 문신녀가 튜브를 타고 지나갔다. 뻥이고 뭐고 그냥 튜브를 보자마자 미친 듯이 잡고 올라왔다. 문신녀가 이상하게 봤다. 상관없다. 올라와서 울었다. 애들 말로는 딴 사람도 다 쳐다봤다고 했다. 근데 왜 아무도 안 구해줬는지 모르겠다.

그 이후로 물한테 쫄아서 한동안 쫌 무서워했다.

결론은 자나 깨나 물 조심

메르스

　중3 때 메르스가 한창 유행이었다. 치사율이 40%가 넘고 사망자도 막 나오고 계속 마스크도 쓰고 다니라고 했다. 학교에서도 교문에서 쌤들이 열을 재야만 들어갈 수 있었다. 그날도 다른 날처럼 그냥 쌤한테 귀를 갖다 댔다. 내가 별로 안 좋아하는 쌤이어서 빨리 교실로 올라가고 싶었다.

　근데 쌤이 갑자기 당황하더니만 한 번 더 쟀다. 그러다 갑자기 쌤 표정이 꼬깃꼬깃해졌다. 또 한 번 더 쟀다. 애들이 다 쳐다봤다. 그리고 그 쌤이 갑자기 심각한 표정으로 보건쌤을 불렀다. 애들이 놀라면서 내 주위를 피해 갔다. 그런데 그 쌤이 보건쌤보고 '애 열난다'고 했다. 나도 놀라고, 쌤도 놀라고, 애들도 놀랐다.

　쌤이 갑자기 마스크를 썼다. 뭔가 누가 봐도 벌써 감염된 거처럼 보였다. 보건쌤이 심각하게 보더니만 한 팔은 보건쌤이, 한 팔은 그 쌤이 잡고 나를 보건실로 데리고 갔다. 말이 데리고 가는 거지 끌려가는 수준이었다. 애들이 소름 끼쳐 하면서 "니 메르스냐?"고 물었다. 너무 당황해서 아무 말도 안 나고 헛웃음만 나왔다. 보건실에 갔는데 나밖에 없었다. 아마 열 난 사람은 내가 처음인 것 같다.

　열을 또 쟀다. 37도 정도였다.

　쌤이 갑자기 나보고 "ㅎ…호…혹시…낙타고기 먹었어?"라고 했다. 낙타고기는 뭔 낙타 고긴지.. 한 번도 못 먹어봤다고 하고 겨우 멘탈 잡고 있는데 쌤이 점점 멀리 떨어져가면서 "그럼 혹시 중동에 갔다왔어?"라고 했다. 시험 기간이었는데 뭔 중동.. 학원가기 바쁘다고 했다.

　그러니까 너 멀리 떨어지더니만 "ㄱ…그럼…혹시…어제 춥게 잤어?"라고 했다. 평소 추위를 많이 타서 그날도 아마 5월이었는데 전기장판 켜고

기모 후드티 입고 잤다고 했다. 순간 정적이었다.

쌤도 더 이상 물으실 질문이 없어 보였다. 쌤이 식염수? 소독약? 주면서 입 헹구라고 했다. 맛이 더럽게 없었다. 쌤이 쉬는 시간마다 내려와서 열 재라고 했다. 교실에 늦게 올라갔다. 쌤이 "니는 또 늦었냐?"면서 "니는 또 주번 해라."라고 했다. 억울했다!! 그래서 사정을 말하니까 애들이 메르스라고 쑥덕댔다. 책상에 앉으니까 짝꿍이 식겁 쳤다. 그러면서 책상 떼라고 했다. 쫌 슬프고 억울했지만 수긍했다.

한국에서 태어나
중동엔 가본 적도 없음

이번에 격리된 광주 우치동물원의 낙타와
서울 대공원의 낙타, 에버랜드의 일부 낙타는
국내에서 태어나고 자랐기 때문에
메르스 감염과 무관하다는 것

2교시 마치고 내려가니까 쌤이 안 되겠다고 병원 갔다 오자고 했다. 당황했다. 내가 진짜 쪼금만 아파도 꾀병으로 학원 째고 놀고 그러는데 이건 아니었다. 쌤한테 안 아프다고 했는데 쌤이 안전 빵으로 갔다 오라고 하면서 엄마한테 전화했다. 쌤이 거의 이미 걸린 사람 취급하면서 나 때문에 다른 애들 걸리면 안 된다고 막 심각하게 말했다. 정작 나는 멀쩡한데. 엄마가 놀라면서 회사도 내팽개치고 나를 데리러 왔다. 그래서 같이 병원에 갔다. 진짜 멀쩡한데 뭔가 일이 커진 거 같았다.

병원에서 어디가 아파서 왔냐고 했는데 할 말이 없었다. 엄마가 사정을 말하니까 흠칫하면서 열을 쟀다. 오늘 열만 오지게 잰 거 같다. 귓구멍이 늘어날 것 같았다. 37도 쯤 나왔다. 쌤이 그제서야 안심하면서 이 정도면 괜찮다고 했다.

그리고 다시 학교로 갔다. 애들이 나보고 낙타라고 했다. 메르스 때문에 며칠 동안 나는 낙타였다. 그 다음 시간에도 열을 재러 갔다. 이번에는 38도가 나왔다. 아까까지만 해도 괜찮겠지 했는데 38도가 넘으니까 나도 쫌 무서웠다. 그리고 뭔가 열나는 기분도 들었다.

애들한테 "나 메르스 아니야."라고 막 어필을 했다. 말은 알겠다고 하는데 표정은 못 믿는 눈치였다. 덕분에 그날 학원은 다 빠졌다. 집에 와서는 열이 좀 더 나서 일찍 잤다. 그런 적은 없지만 앞으로 낙타고기 입에도 안 대고 따뜻하게 자고 중동에 가지 말아야겠다.

결론은 자나 깨나 낙타 조심

부산행

1학년 때 같이 놀던 애들이랑 부산 여행을 가기로 했다. 우리 무리는 7명이었는데 그중에 2명이 못 간다고 해서 5명이 가기로 했다. 우리는 7시 5분, 아마 7500원짜리 무궁화 기차를 타고 가기로 했다. 그래서 다섯 시에 일어나려고 했다. 진짜였다.

단톡에 애들한테 늦으면 진짜 얄짤없이 버리고 간다고 협박했다. 애들이 나나 늦지 말라고 했다. 웃겼다.

그때까지만 해도 몰랐다. 내가 얄짤없이 버려질 줄은….

평소에 애들이랑 아침 일찍 놀러 갈 때는 호구 동생 꼬신 다음에 깨워달라고 하는데 그날은 무슨 자신감인지 깨워달라고 안 하고 그냥 알람만 맞춰놓고 잤다. 혹시 몰라서 1분 단위로 30분간 알람이 울리도록 하는 알람시계를 4개 맞춰놓고 잠들었다. '알람시계 4개가 동시에 30분 동안 우는데 그중에 하나는 듣겠지~' 하면서 '지금 잠들면 4시간 자는 거니까 일어나면 피곤하겠지. 내일 기차에서 자야지' 등등 내일을 생각하면서 잠들었다.

엄마가 깨우길래 눈떴다. 개운했다. 피곤해야 되는데 개운했다. 뭔가 망함을 느끼고 헐레벌떡 시계를 봤다.

6시 50분이었다. 망했다. 그렇다. 난 망했다. 일단 옷 먼저 막 쑤셔 입고 책상에 있는 거를 그냥 막 갖다 가방에다 다 쓸어 담았다. 그리고 씻으러 갔다. 진짜 세수랑 양치만 하고 나가려는데 가방이 너무 무거웠다. 보니까 개념원리도 들어가 있었다. 큰일 날 뻔했다. 진짜 막 쓸어 담은 거 같았다. 엄마가 차를 태워주셨다. 근데 그때 한참 신세계 백화점을 짓는다고 차가 오지게 막혔다. 이때쯤이면 애들한테서 전화가 올 거 같았는데 안 와서 왜 안 오지 하면서 불안 초조해하면서 있었는데 알고 보니 폰을 안 가져왔다.

진짜 망했다. 그때가 아마 7시 한 2분? 쯤이었다. 빨리 가면 탈 수 있을 것 같았다. 뛰는 게 더 빠를 거 같아서 내려서 뛰었다.

잘못된 생각이었다.

죽을 것 같았다. 미친 듯이 뛰었다. 누가 내 폐를 두들겨 패는 기분이었다. 그래도 뛰었다. 역에 들어가서 기차가 있는 곳으로 내려갔다. 기차가 없었다. '아, 난 끝이구나' 하는 순간 옆에 봤는데 저 끝에 기차가 보였다. 미친 듯이 뛰었다. 머리도 거지 같고, 옷도 미처 넣지 못한 니트가 반쯤 나와서 펄렁펄렁거리고 뭘 넣은 건지 모르겠는 가방은 무거워서 자꾸 내려가고 사람들은 이상하게 쳐다봤다.

기차 매연 때문인지 목이 따가워서 뛰는데 입에서 이상한 소리가 났다.
"케ㅔ케켈레케케케ㅋ켁켁케케케켁"

기사 아저씨가 나를 발견하고 놀라시더니 창문을 열어서 나를 구경했다. 뭔가 안타깝게 쳐다보는 기분이었지만 탈 수 있다는 생각에 괜찮았다. 난 '아, 다행이다. 아저씨가 나 봤으니까 문 열어주겠지!' 했다.

그렇게 문 앞에 도착했다. 문이 닫혀 있었고 안에 직원이 있었다. 직원이 나를 보더니 놀라서 내 쪽으로 손을 뻗었다. 나도 문을 열어달라고 하려고 손을 뻗으면서 말을 했다.

'저기 ㅁㅜ …'

뿌앙~~~

가버렸다. 기차가 가버렸다!!…

그 직원이랑 나는 무슨 어쩔 수 없이 헤어지는 연인처럼 이별했다. 미칠 거 같았다. 진정이 안 됐다.

전화도 없다. 정신도 없다. 친구도 없다.

그런데 다행히도 뒤에 계신 아저씨가 나를 딱하게 봤는지 5분 뒤에 그 다음 차 온다고 걱정하지 말고 앉아서 기다리다가 그거 타고 가라고, 자기도 그거 타고 간다고 하셨다.

눈물 날만큼 고마웠다. 연신 고맙다고 했다. 그러다가 기차가 왔다. 무슨 기찬지도 모르고 그냥 탔다. 어디서 봤는데 미처 예매 못했을 때는 그냥 타고 기차 안에서 계산하면 된다고 했다.

기차를 탔는데 입석이 있을 줄 알았는데 서 있는 사람이 없었다. 그래서 그냥 '아, 이번 기차는 입석하는 사람이 없구나' 했다. 그래서 일단 문 앞에 있는 의자에 앉았다. 직원이 왔다. 직원한테 울먹이며 말했더니 짠내가 났는지 나를 진정시키면서 무궁화 꺼 취소하고 이걸로 계산해 준다고 했다. 얼마냐고 하니까 "만 육천 원"이라고 했다.

'에????????????'

몹시 당황했다. 말도 안 나와서 더듬거렸다. 난 내가 사복이고 얼굴도 이래서 어른 요금으로 적용한 줄 알고,

"저 학생인데요."라고 했다.

그러자 직원이 당황하더니 이 기차는 ktx라고 했다. 그제서야 정신 차리고 보니까 ktx였다. 기알못(기차 알지도 못하는 사람)인 나는 그런데 뭐 어쩌란 건지 모르겠어서 '그래서 뭐 어쩌란 거야'라는 표정으로 그 직원을 쳐다봤다. 직원이 친절하게 ktx는 학생 요금이 없다고 했다. 2차 당황했다. 침착하고 그럼 입석으로 해달라고 했다. 입석도 없다고 했다.

그렇다. 이 기차는 입석표를 산 사람이 없는 것이 아니라 입석이 없는 기차였다. 서 있는 사람이 아무도 없을 때부터 알아봤어야 했다.

3차 당황을 했지만 정신차리고 요금도 안 내고 기차 탄 도둑년으로 뉴스 나기 싫어서 부들부들 거리면서 카드를 내밀었다.

직원이 이상하다는 표정으로 카드를 몇 번 긁더니 결제가 안 된다고 했다. 4차 당황+놀람+동공지진이 왔다. 망했다. 현금이 없는 줄 알고 그냥 그냥 문 열고 뛰어내릴까 했는데 비상금으로 놔둔 이만 원이 생각났다. 결

제를 하고 무궁화 표를 환불하는데 직원이 이미 시간 지나고 환불하는 거라서 천칠백 원만 돌려받을 수 있다고 했다.

하하하하하 껄껄 깔깔 끼룩끼룩

드디어 정신줄을 놔서 헛웃음이 막 나왔다. 해탈하면서 좌석 칸으로 들어가서 좌석에 앉았다.

일이 해결되니까 배가 고파왔다. 돈도 날리고 잠도 날리고 멘탈도 날리고 아침도 날렸다. 기차 못 탔으면 친구도 날릴 뻔했다.

긴장이 풀리니까 잠이 살짝 왔다. 어차피 애들보다 늦게 도착할 거고 가는 데 두 시간 걸리니까 지금 자 둬야겠다고 하고 눈을 감았다.

안내방송이 나왔다.

"우리 열차는 잠시 후 부산역에 도착하겠습니다. 미리 준비하시기 바랍니다. 고맙습니다. 위월 쑨비 얼라이빙 앳 부산 어쩌구 저쩌구 궁시렁궁시렁 쌀rㅏ쌀rㅏ"

'????? 응?? 나 방금 탔는데???'

방금 탔는데 곧 내린다고 했다. 시계를 보니까 한 한 시간은 남았다. 무슨 상황인지 아직 상황 파악이 안 됐다. 잘못 들었다고 생각하고 다시 자려는데 찝찝했다. 찝찝해서 잠도 안 왔다. 짜증 나서 그냥 짐 싸고 기다렸다. 얼마 안 기다리고 내렸다. 진짜 부산이었다. 애들보다 늦어서 부산역에 들어갈 때 무릎 꿇고 들어가려고 했는데 내가 먼저 도착했다.

멍…… 했다.

정신이 하나도 없었다. 뭐가 엄청 순식간에 지나갔다. 눈뜨자마자 기차 타고, 타자마자 내리고, 내리니까 나만 있다.

침착해하면서 공중전화기로 엄마한테 전화하고 애들한테도 전화했다.

애들은 내가 늦게 오면 오지게 뭐라고 할려고 했는데 내가 먼저 와서 당황하는 눈치였다. 배고파서 편의점에서 삼각 김밥도 사 먹고 카페 가서 아이스티도 한 잔 마시면서 애들을 기다렸다. 그래도 40분이나 남았다. 그렇게 기다리면서 정신 쫌 차리니까 뭔가 허무했다. 그러다 애들이 왔다. 만나서 먹을 것도 많이 먹고, 바닷가도 보고, 사진도 많이 찍었다. 이번 일을 통해 ktx를 잘 알게 되었다.

앞으로 찢어지게 가난한 내가 내 돈으로 KTX 타는 일은 없을 것이다.

결론은 무궁화호 만세

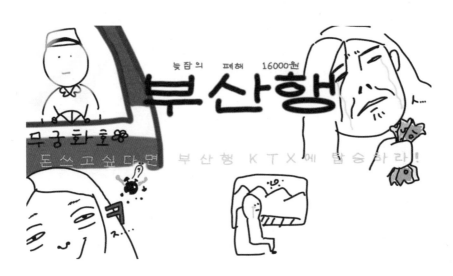

뚝배기 깨진 썰

중3 때였다. 원래 그 시간이면 난 학원에 가야 했지만 땡땡이치고 친구랑 망고식스에 가서 망고 빙수를 먹으러 가기로 했다. 학교를 마치고 빙수집에 가려는데 친구가 돈을 놔두고 왔다고 집에 갔다 온다고 했다. 다행히 친구네 집이 학교 바로 앞이어서 따라갔다. 친구는 돈을 가지러 올라가고 나는 가방이 무거워서 1층 계단 밑에서 쪼그려 앉아서 기다렸다. 몇 분 뒤에 친구가 나오는 소리를 듣고 벌떡 일어났다.

빠각! 일어나면서 머리 위에 있던 우체통 사각지대에 머리를 박았다. 진짜 세상 너무 아팠다. 진짜 구라 안 치고 너무 아파서 소리도 안 나왔다. 음소거한 채로 머리를 만지고 손바닥을 봤는데 피가 묻어 나왔다. 머리가 터졌다. 당황했다. 친구도 당황했다. 피가 계속 났다.

머리가 처음 터져봐서 어떻게 해야 할지 몰랐다. 어떡하지 어떡하지 하다가 바로 앞이 학교니까 보건실에 가 보기로 했다. 보건실에 가려는데 다른 친구를 만났다. 그 친구한테 이 상황을 설명해 주니까 '이거 빨리 물로 씻어야 된다'고 했다. 뭔가 자기가 직접 겪어 봐서 다 안다는 것처럼 말해서 그 말을 안 들으면 안 될 것 같았다. 그래서 일단 보건실로 갔는데 하필이면 쌤이 회의를 가셨다.

그래서 바로 옆에 있는 화장실에 가서 피가 나는 곳을 물로 막 씻었다. 피가 막 머리카락을 타고 흘러내렸다. 거울을 봤는데 전설의 고향인 줄 알았다. 그 상태로 핏물을 뚝뚝 흘리면서 회의실로 찾아갔다. 애들이 이상하게 봤다. 보건 쌤이 놀라시더니 연고를 바르고 머리카락에 테이프를 걍 붙였다.

친구가 뒤에서 보니까 "머리 다친 거 티 내고 다니냐."고 "영구 같다."고 놀렸다. 그러고 나서 머리로는 빙수 먹으러 가다가 쓰러져서 실려가는 시나리오까지 갔지만 몸은 이미 빙수집 앞이었다. 빙수 먹고 병원에 갔다. 진료하는데 쌤이 어쩌다가 그렇게 됐냐고 계속 물으셨다. 쌤도 나 같은 환자는 처음이신가 보다. 쌤이 자꾸 피식피식 거리셨다. 그럴만하다. 내가 생각해도 어이가 없었다. 그리고 쌤이 절대로 절대 절대 물에 닿지 말라고 하셨다. 아까 빨리 머리 물로 씻으라고 한 친구가 생각났다. 사이비 약장수였다. 나한테 약을 팔았다.

치료실로 갔는데 보건쌤이 정성스럽게 머리카락에 붙여주신 테이프 덕분에 머리카락이 몇십 가닥 뽑혔다. 누가 보면 머리카락이 다친 줄 알만큼 머리카락에 정성스럽게 테이프를 붙여놓으셨다. 그 다음날 학교 가는데 내 뒤에서 오는 애들마다 다 내 머리 보고 왜 그러냐고 물었다. 웃으면서 놀렸다. 그냥 내 뒤통수 본 사람은 다 묻고 놀렸다. 학교 앞 떡볶이 아줌마도 물으셨다. 그날 머리 터진 이유만 엄청 설명한 것 같다. 물어보면 이유 적은 인쇄물 나눠주고 싶었다.

의사쌤이 혹시나 어지럽거나 토하면 뇌졸중이라고 병원에 다시 오라고 하셨다.

'내가 뇌졸중이라니!… 내가 뇌졸중이라니!… 앍ㄱ망럼;아알가아라가ㄱ?가라ㄹ?라가…' 거리면서 진짜 이렇게 죽나? 기억상실증 걸리나? 싶었는데 며칠 안 가서 다 나았다.

생각했던 것보다 아무 증상 없이 너무 빨리 나아서 뻘쭘했다.
생각해 보니 이때부턴 것 같다.
내가 나사 하나 빠진 게….

교복

　중2 겨울 방학이었다. 방학 중에 청소를 하러 가야 되는데 우리 반은 겨울 방학 때였다. 청소하러 가는 날짜가 정해지고 애들이랑 모여서 같이 가기로 했다. 그런데 단톡에서 누가 갑자기 갈 때 교복 입고 가는지 그냥 사복 입고 가는지 물었다. 애들도 다 아무 생각 없다가 놀라는 눈치였다. 서로서로 뭐 입고 가냐고 묻기만 하다가 얘기가 끝나려고 하는 그때! 한 친구가 "쌤한테 물어봤는데 교복을 입고 가야 된다."고 했다. 그래서 애들끼리 그날 교복 입고 모여서 같이 청소를 하러 가기로 했다. 교복 입고 가기로 했는데 애들이 갠톡으로 자꾸 나한테 교복 입고 가냐고 물었다. 입고 간다고 했는데 계속 묻길래 귀찮아서 그냥 씹었다.

　나는 집이 가까운 친구랑 먼저 만나서 같이 가기로 했다. 청소하러 가는 날 교복을 입고 갈 준비 하니까 엄마가 "니 오늘 개학이냐?"고 물었다. 청소하러 간다고 했다. 엄마가 동네 떠나가라고 웃었다. 어느 모지란 애가 방학 때 교복 입고 학교 가냐고 놀렸다. 이때 살짝 중2병 걸려서 놀리는 엄마한테 지기 싫어서 교복 입고 가는 거 맞다고 빽빽 소리를 질렀다. 엄마도 소리 질렀다. 난 더 크게 질렀다. 엄마도 더 크게 질렀다. 졌다. 시간이 지나도 엄마의 무논리 속사포 잔소리는 이길 수가 없다. 그렇게 아침부터 대판 싸울 뻔하다가 시간이 다 돼서 집을 나왔다. 엄마 말 듣고 사복을 챙겨갈까 하다가 그건 쫌 오버인 것 같아서 그냥 나왔다.

　교복 입은 사람은 나밖에 없었다. 살짝 걱정이 됐다. 그래도 난 당당했다. 내가 뭐 절대 걸치고 다닐 옷이 없어서 방학에 교복을 입고 돌아다니는 게 아니라 난 청소를 하러 가는 것이기 때문이다. 나는 오늘 학교 가는 사람이 우리 반 밖에 없고 우리 동네에 우리 반인 사람은 별로 없으니까 그런 줄 알았다. 그렇게 친구를 만나기로 한 장소로 갔다. 가는데 자꾸 사람들이 이상하게 쳐다보는 기분이었다. 쳐다볼 때마다 난 지금 방학이지만 청소를 하러 학교에 간다고 말해주고 싶었다. 그렇게 약속 장소에 도착했다.

친구가 아직 안 보여서 전화를 했다. 친구가 나보고 교복 입었냐고 했다. 내가 입었는데 뭔가 나밖에 안 입은 것 같다고 쫌 쪽팔리니까 빨리 오라고 했다. 친구가 피식피식 거리더니만 자기도 쪽팔린다고 빨리 만나자고 했다. 친구가 다 와간다고 계속 전화하자고 해서 계속 전화했다. 그러다가 친구가 내가 보인다고 했다. 나는 우리 교복이 보이지 않아서 못 찾았다. 그런데 저 멀리서 친구처럼 생겼는데 옷이 주황색인 사람이 보였다. 난 그냥 교복 위에 후드티를 입은 줄 알았다. 밑에를 봤다. 청바지였다. 친구가 날 보더니만 숨넘어가게 웃었다. 나는 왜 교복을 안 입고 왔냐고 씅을 냈다.

친구가 미안하다고 교복 입고 올라고 했는데 빨아서 못 입고 왔다고 했다. 난 친구가 오면 쪽팔림이 반으로 나눠질 줄 알았는데 아니어서 슬펐다. 그래서 빨리 학교로 가자고 했다. 학교에 가면 만나기로 한 애들이 다 교복 입고 있으니까 친구 혼자 사복이라서 친구가 쫌 쪽팔려 할 것이라고 생각했다. 혼자 사복을 그것도 완전 튀는 주황색 옷을 입고 이 칙칙한 교복 사이에 있을 생각하니까 친구가 쫌 불쌍했다. 쌤한테도 혼날 것 같았다. 그렇게 학교에 갔다. 저 멀리서 애들이 보였다. 근데 옷 색깔이 알록달록했다. 당황했다. 동공 지진을 일으키면서 애들한테 뛰어갔다.

나만 교복을 입고 왔다.

하하ㅎ 나만 하!하하!하하ㅎ……ㅎ 하홍하 나만!!!!! 나만 교복을 입고 왔다.!!!!

처음에는 현실을 부정했다.

쥐구멍이라도 있으면 숨고 싶다는 말이 내가 치매가 와도 못 까먹을 정도로 계속 생각났다.

애들이 어제 나 빼고 다 짜고 친 것이었다. 심지어 먼저 만나서 같이 온 년도 한패였다. 믿는 도끼에 발등 찍힌다고 이건 거의 썰린 수준이다. 어쩐

지 친구가 학교 오면서 실실 쪼개길래 그냥 아침부터 나사 하나 빠진 줄 알았다. 그때부터 알아봤었어야 했는데…

어이없어서 같이 웃었닿하하하하하항하ᄒ하하하하하하. 그래도 나는 학교 안에 들어가면 나 같은 애가 몇 명은 있을 거라 생각하고 최대한 안 쪽 팔린 척하면서 들어갔다.

아무도 없었다. 나 같은 애는 아무도 없었다. 그날 학교 온 애들 중에서 교복 입은 사람은 전교에 나밖에 없었다. 딴 반 애들이 나를 구경하러 왔다.

쪽팔려서 도망가려고 했다. 애들이 가지 말라고 못 가게 잡았다. 동물원의 오랑우탄이 된 기분이었다. 쌤들도 당황하셨는지 나보고 참 성실하다고 칭찬해 주셨다. 아이고 감사해라. 청소를 끝내고 쌤이 아이스크림을 사주셨다. 집 가는 길에 아는 사람 만날까 봐 눈 깜빡하면 집이면 좋겠다고 생각했지만 눈 깜빡하니까 한 발자국 앞이었다. 아이스크림 쫄쫄 빨면서 집에 갔다.

앞으로 학교 청소하러 갈 때는 꼭 사복을 입어야겠다. 그리고 애들이 톡 오면 하나하나 친절히 답장해 주어야겠다.

결론은 엄마 말을 잘 듣자

▲당시 피해자 김모 양의 쓸쓸한 엉덩이

우리 아빠는 경찰청장

　우리 아빠는 경찰이시다. 그렇다고 경찰청장은 아니다. 계급은 잘 모른다. 그 나이에 경찰청장이면 99.9% 비리 경찰일 것이다. 아마.

　그런데 학교에서 내 친구 조 씨가 내 뒤에 앉은 남자애 양 씨한테 우리 아빠가 경찰청장이라고 했다. 내 짝꿍 김 씨는 맞다고 맞다고 그래서 완전 잘 산다고 집이 두산위브더제니스 꼭대기라고 했다. 그리고 엄마는 삼성 이건희 회장 손자 같은 애들만 다니는 학교 교사라고 했다. 처음 듣는 소리였다. 교사는 무슨, 엄마는 그냥 아파트 관리하시는 분이다.

　당연히 안 믿을 줄 알았는데 양 씨가 바보같이 진짜 믿었다. 양 씨는 엄청 놀라더니만 나보고 니 학교 올 때 헬리콥터 타고 오냐고 했다. 어이없다 못해 웃겼다. 그걸 믿다니 진짜 어디 모자란 게 분명하다. 처음에는 그냥 장난이었는데 양 씨가 너무 잘 속아줘서 애들이 msg를 더 뿌렸다. 그렇게 한순간에 아빠는 경찰청장, 엄마는 교사, 집은 두산위브더제니스 꼭대기였다.

　그러자 양 씨가 "아, 이제 김도연한테 장난 못 치겠다."라고 했다. 뒤에서 조 씨가 나한테 뭔 일이 있으면 아빠가 헬기 타고 오신다고 했다. 양 씨가 살짝 쫀 거 같았다. 그때 짝꿍 김 씨가 양 씨한테 나랑 결혼하면 평생 돈 걱정 없이 살 수 있다고 했다. 그러자 그 뒤에 있던 한 씨가 그냥 사귀라고 했다. 뒤에 있던 조 씨와 최 씨도 거들었다. 그때 누가 나 쳐다보는 기분이 들어서 뒤돌아봤더니 양 씨가 초롱초롱하게 나를 쳐다보고 있었다. 눈 찌르려다가 참았다. 진짜 믿을 거라고 생각도 못 했는데 토 나왔다.

　그때 한 씨가 계속 사귀라고 했다. 진작에 조동아리를 그냥 확 꿰매놨어야 했다. 계속 나불나불댔다. 나는 양 씨를 계속 속이기 위해 아무 말도 안 하고 가만히 있었다. 김 씨도 계속 옆에서 사귀라고 거들었다.

　그러자 양 씨가, "에이 그럴 바에 그냥 결혼하지."

에에에에에에엥????????????????????????

충격적이었다. 애들도 다 충격 먹었다. 그냥 엮지 말라고 욕할 줄 알았는데 이런 반응은 생각도 못 했다. 애들이 자꾸 오~~~~!!! 하면서 효과음 넣으면서 놀렸다. 아니 근데 생각할수록 어이가 없었다. 양 씨는 결혼을 혼자 하는 줄 알고 있나 보다. 양 씨는 돈 보고 결혼하는, 돈에 눈이 먼 자다.

평생 혼자 독거 노인이나 돼라!

그러고 나서 다음 날 장난기가 또 발동한 김 씨는 양 씨한테 자기가 우리 집에 놀러 왔는데 집에 한 마리에 500만 원 하는 개가 5마리나 있다고 했다.

우리 집은 개를 안 키운다. 나는 너무 티 나서 이번에는 들킬 줄 알았는데 양 씨가 "진짜?" 하면서 진지하게 나를 쳐다보고 있었다. 애들이 나를 놀릴 때 이런 기분인가 보다.

갑자기 양 씨가 두산위브더제니스 사는데 왜 동문 왔냐고 했다. 김 씨가 당황해서 아무 말이나 했다. 나도 나중에 경찰이 꿈인데 아빠가 경찰청장이라서 낙하산이라는 소리 안 들으려고 서민 체험하러 왔다고 하면서 막 웃었다. 지가 생각해도 웃겼나 보다.

바닥을 봤는데 어릴 때 문방구에서 팔던 빨주노초파남보 색깔이 다 들어간 뚱뚱한 볼펜이 있었다. 나는 주워서 주인을 찾았다. 김 씨가 자기가 쓴다고 했다. 몇 글자 끄적이던 김 씨가 놀라더니만 갑자기 이 볼펜 엄청 좋다고 했다. 그러자 양 씨가 자기도 써보겠다고 했다. 양 씨도 몇 글자 끄적이더니만 '완전 좋다' 고 나보고 사달라고 했다. 엄마랑 슈퍼 갔는데 초콜릿 사달라고 조르는 애 같았다.

가끔 보면 18살 아니고 18개월 같다. 나는 그냥 그거 가지라고 했다. 그러니까 또 눈이 초롱초롱 해지면서 역시 금수저라고 했다.

'양 씨야, 그거 문방구 가면 천 원이더라. 니가 맨날 먹는 포스틱 하루 안 먹으면 살 수 있는 거라고!!'

어쨌든 그러다가 놀러 가자는 얘기가 나왔는데 김 씨가 나는 학교 마치면 비서가 나를 데리러 와서 같이 못 논다고 했다. 어디서 또 이상한 눈빛이 느껴졌다.

그런데 일이 커졌다! 양 씨가 몇 없는 지 친구들한테 다 말했다. 오늘 애들이 많은 데서 양 씨 친구 변 씨가 나는 모르는 지 친구한테 나를 보고 '돈 많은 금수저' 라고 했다. 당황했다. 뒷감당은 어떻게 할런지…

덕분에 요즘 애들한테 삥 뜯긴다. 돈 많으니까 몇백 원만, 돈 많으니까 몇천 원만 거리면서 야금야금 빌려 간다.

애들은 내가 돈이 많아서 그 정도는 돈으로 취급도 안 하는 줄 아는 것 같다. 다 눈물 콧물 참아가면서 빌려준 내 소중한 백 원들인뎅…

으어ㅓ ㅓ아아아 ㅏ ㅇ ㅑ 아앍!!!

계속 빌려 주다가는 동대구역에서 신문지 깔고 자게 생겼다. 적다 보니 뭔가 내 정보가 탈탈 털린 것 같다. 나도 내가 금수저였으면 좋겠다. 그럼 버스 탈 때 현금으로 내고 환승도 안 찍고, 이거 먹을까 저거 먹을까 할 땐

"아줌마 여기서부터 저기까지 다 주세요." 하고

맨날 7시 50분에 나와서 모닝 택시 타고 학교 갈 텐데…

결론은… …. ㅇ…

애들아…ㄴ… ㅏ… 돈 ㅇ… 어… ㅂㅅ…ㅇ…ㅓ……ㅇ……

월 9,900…

당신의 10,000원이면 배고픈 도연이를 살릴 수 있습니다.

후원 문의 010-6230-9834

인물 정보

이철성 경찰공무원

출생 1958년 경기도 수원
소속 경찰청(청장)
경력 2016. 08~ 경찰청 청장
　　　2015. 12~2016. 08 경찰청 차장
　　　2014. 09~2015. 12 대통령비서실 청무수석실 사회안전비서관
　　　2013. 12~2014. 09 제25대 경남지방경찰청 청장

(아빠 아님)

물고문

모의고사 치던 날 나는 평소처럼 점심을 먹고 양치를 하고 사물함에 양치 컵을 놔 두러 가려고 했다. 그때 애들도 물 먹으러 간다고 같이 가자고 했다. (사물함 근처에 정수기 있음)

정수기에 도착했다. 온 김에 나도 물 마시려고 양치 컵으로 물을 마셨다. 그때 그 모습을 본 김 씨가 내 양치 컵에 물을 가득 담아서 이거 10초 안에 다 마시면 만 원을 주겠다고 했다. 생각해 보니 나쁘지 않아서 아니 완전 개이득인 것 같아서 하겠다고 했다. 혹시 먹고 나서 안 준다고 할까 봐 애들한테 다 증인하라고 했다.

나는 밥 먹고 나면 항상 물을 먹고 와서 충분히 배가 부른 상태였지만 만 원에 혹해 냉큼 하겠다고 했다. 생각 쫌 하고 말할 걸 그랬다.

그렇게 제1회 동문 빨리 물먹기 대회가 열렸다. 나간 사람은 나밖에 없었지만. 심사는 같이 있던 조 씨와 최 씨와 그 외에 따까리들 등이 맡았다.

물컵을 받았다. 생각보다 많았다. 당황했다. 그래서 일부러 물먹을 생각에 신난 척하면서 찔끔찔끔 흘렸다.

그런데 걸렸다.

그걸 또 어떻게 봤는지 난 물을 고의로 흘린 죄로 아까보다 물이 많아진 컵을 받았다. 가만히 있으면 중간이라도 간다고 가만히 있을 걸 그랬다.

그래도 만 원이니까 참았다. 초를 재려고 하는데 내가 폰 스탑워치 주니까 그거 안 한다고 자기가 천천히 "이이일 이이이 사아아암" 하고 재주기로 했다. 아직 시작도 안 했지만 나는 만 원 받을 생각에 기뻤다.

"준비___시___작!"

김 씨의 말이 들리고 나는 물을 발칵발칵 마시는데

"이리삼사오ㄹ촬구십"

반쯤 먹었는데 십 초가 다 지나갔다. 천천히 새기로 했으면서 무슨 입에 모터 단 줄 알았다. 이건 너무 억울했다! 그래서 막 칭얼칭얼 댔더니 그럼 다시 하자고 했다. 그래서 다시 마시려는데 김 씨가 "물도 다시 채워야지?~~" 하면서 물을 가득 퍼부었다. 때리고 싶었지만 김 씨한테서 만 원이 나오므로 참았다.

새로운 컵을 받았다. 아까 흘리다가 걸려서 인제 빼박도 못 한다고 생각하니 세상 슬펐다. 수긍하고 정정당당히 만 원을 갖고 오겠다는 마음으로 바로 마셨다. 마시다가 김 씨 얼굴 보고 웃겨서 물을 뿜었다. 망나니가 된 기분이었다.

애들이 이건 무효라고 다시 하라고 했다. 다 때려치우고 싶었지만 '만 원이다. 만 원' 하면서 마음을 진정시켰다. 배가 불러왔다. 또 물이 넘치기 직전까지 담겨있는 물을 보니까 토 나오려고 했다.

이번에는 진짜 천천히 새기로 했다. "일 이 삼." 참고 마시기 시작했다. 그런데 내가 너무 잘 먹었나 애들이 당황하면서 오 다음 칠을 부르는 게 들리고 칠 다음 구를 부르는 게 들렸다. 언제부터 5 다음에 6이 아니고 7이었는가 !!…

삼분의 일 정도 남았나? 시간이 다 되었다. 이것도 세상 억울해서 김 씨한테 막 따졌더니 인정한다고 5초를 더 주겠다고 했다. 승산이 있었다. 5초면 충분히 마실 양이었다. "일이삼사오!!" 하는 순간 난 다 마셨다.

촤하하하하하하하 이 기쁨을 주체 못하고 촐싹대면서 만 원을 달라고 했다. 그러자 김 씨가 "근데 니 0.1초 늦음"이라고 했다. 아오 팍씨 아침 드라마에 김치 싸대기가 있다면 여긴 물 싸대기다 하고 물 싸대기를 날리고 싶었지만 움직일 때마다 뱃속에 물이 출렁출렁거려서 못 움직였다. 짜증나서 쏨 낼라고 하는데 말할 때마다 입에서 물이 나올 것 같았다. 말도 못 하겠고 조 패지도 못하겠고 벽에 방금 뽑은 가래떡처럼 축 처져 있었다. 김 씨와 애들을 보니 세상 즐거워 보였다. 강냉이 몇 개 뽑아버리고 싶었지만 몸이 너무 무거웠다. 말하는데 물이 먼저 나오려고 했다. 물고문이 있다면 이런 기분일 것 같다. 그렇게 만 원은 구경도 못 하고 물만 만 원어치 먹은 것 같았다.

종이 치고 영어 시험을 쳤다. 방광이 터질 것 같았다. 집중이 안 됐다. 그래도 시험인데 하다가 이 나이 먹고 교실에서 오줌 싼 오줌싸개 되기 싫어서 어차피 모의고사는 내신에 안 들어가니까 다 찍고 화장실에 갔다.

결론은 물은 적당히

미래

　어른이 되었다. 시간이 참 빨리 간다. 엊그저께만 해도 교복 입고 학교 가던 모습이 생생한데 이제 교복 입을 일은 없다고 생각하니 쫌 슬펐다. 교복 입고 학교 다닐 때는 몰랐는데 어른이 되니까 어른들이 '그때가 젤 좋을 때'라고 한 말이 실감이 난다.

　어른이 되자마자 가장 먼저 한 것은 운전면허 따기였다! 옛날에 비해 시험이 어려워졌다. 핸들을 1도만 돌려도 감점이 됐다. 그럼에도 불구하고 의지의 한국인 아닌가! 몇 번의 실패 끝에 포기하지 않고 결국 면허증을 땄다. 내가 너무 대견해서 그날은 꽃등심 쫌 구웠다. 나중에 큰 차를 빌려서 내가 운전해서 친구들 데리고 놀러 가고 싶다.

　그리고 나는 지금 계명대학교 경찰행정학과를 다니고 있다. 똥 군기가 쩔지만 난 계대 경행에 들어간 것만으로도 행복하다. 중학교 때부터 꿈이었던 경찰에 더 가까워진 것 같아서 너무 좋다. 이대로 공무원 시험만 합격하면 소원이 없겠다. 아빠도 경찰이시고, 동생도 꿈이 경찰이다. 그래서 나도 경찰이 되고, 동생도 경찰이 돼서 제복 입고 가족사진을 찍고 싶다. 꼭 그런 날이 오기를 바란다. 제에 바알

　나는 학교 근처에 집을 구해서 자취를 하고 있다. 그리고 어릴 때부터 꿈꿔 왔던 강아지랑 둘이 오순도순 잘 살고 있다. 자취에 대한 로망이 있었는데 막상 해보니까 장점만 있을 줄 알았는데 단점도 있다. 장점은 엄마가 없는 것이고 단점은 엄마가 없는 것이다. 그래도 내 사랑 강아지랑 같이 사는 게 정말 좋은 것 같다. 평생 함께 했으면 좋겠다.

　어른이 돼서 좋은 점은 민증이 나왔다는 것이다!! 그리고 그걸 써먹을 수 있게 된 것이다!! 한 번씩 불금에 친구들을 불러 환장 파티를 열었다. 정말 환장했다. 친구들도 다 자기가 꿈꿔오던 일을 하고 있어서 기분이 좋다.

알바를 하면서 돈을 모았다. 아직 모자라지만 더 모아서 다른 나라로 여행을 가고 싶다. 그러던 중 재미 삼아 복권을 샀다. 그런데 이게 뭔 일!! 내가 10억에 당첨이 되었다!! 너무 기뻤다. 일단 1억은 기부하고, 1억은 엄마 드리고, 1억은 아빠 드리고, 동생은 이때까지 나한테 한 행동이 고약해서 부려먹을 거 다 부려먹고 100만 원쯤 주었다. 그리고 3억으로 공기 좋고 풍경 좋은 계곡 근처에 별장을 샀다. 또 원래 살던 부모님 집을 팔고 거기다가 2억을 보태 크고 좋은 집으로 이사를 보내드렸다. 그리고 남은 2억은 내가 가졌다. 이건 내가 살면서 젤 행복했던 순위 TOP 10에 뽑힐 일이다. 평생 쓸 운을 이때 다 쓴 것 같다. 지금까지 착하게 살았나 보다. 앞으로 평생 베풀면서 잘 살아야겠다.

후기

처음 후기를 썼을 때는 책을 정식 출판하기 전이었다. 세종시에서 열리는 전국 책 축제에서 뽑히면 책이 정식 출판된다고 했다. 그래서 후기에 제에바알 뽑혀서 출판되게 해달라고 적었다. 그런데!! 웬걸!! 진짜로 뽑혀버렸다. 쫌 당황했다. 솔직히 이렇게 일이 커질 거라고는 생각도 못했다. 뽑히게 해달라고 후기에 썼는데 뽑혀버려서 지금 다시 쓰는 중이다. 지금 이 글은 많이 다듬어졌다. 사진도 재밌는 사진 많았는데 저작권 때문에 다 튕겼다. 슬펐지만 동갑내기 사촌이 그림으로 그려줬다. 사촌은 그 대가로 크리's p 도넛을 사달라고 했다. 역시 세상에 공짜는 없다. 웬일로 지가 먼저 그려준다 했다.

아, 그리고 이건 책 출판을 준비하면서 알게 된 슬픈 사실인데, 나는 처음에 책이 나온다고 했을 때 저작권료가 들어와서 떼부자가 되는 상상을 했다. 인제 죽을 때까지 1일 1딸기랑 1일 1떡볶이를 먹으면서 연금처럼 따박따박 들어오는 저작권료를 받으며 행복하게 살 줄 알았다. 그런데 쌤한테 물어보니까 돈이 다 교육청으로 간다고 했다. 그렇게 1일 1딸기랑 1일 1떡볶이는 물 건너갔다.

처음에는 한 줄도 못 적을 것 같았는데 적다 보니 종이가 모자란다. 마무리를 어떻게 해야 할지 모르겠다. 그럼 여기서 20000

내가 원하는 삶

WRITING / PHOTO . 박 재 희

박 재 희

2000년 4월 1일의 만우절, 내 삶의 시작점.
미래의 내가 스튜어디스가 되기를 바라며
일상이 여행인 하루를 살아가고 있다.

음악과 독서, 여행, 영화에 내 모든 행복이 있다.
꼼꼼하고, 솔직하며, 책임감이 강하다.

FOREVER - MUSIC

누구나 없어서는 안 될 소중한 취미 하나쯤은 있다.

내게 음악이란 그런 것이다.

음악은 아주 어렸을 때부터 사춘기 시절, 현재, 그리고 미래에 여행을 다니며 꿈을 펼치면서도 곁에 항상 함께한다.

4살이 되던 해, 신기하게 생긴 무언가를 발견한다. 'MP3' 지금은 제대로 볼 수조차 없는 물건이다. 4살부터 엄마의 MP3에 담긴 곡들을 자주 들었다. 내가 좋아했던 음악은 '신승훈' 과 '이선희'. 지금도 그 노래들을 들으면 어느새 4살의 나를 떠올려보게 된다.

이후, 나는 유치원에 다닐 즈음 피아노 학원에 가게 된다. 그 학원을 오랫동안 다니면서 쌓은 추억은 되돌릴 수 없는 시간 탓에 전부 기억할 수는 없다. 그러나 오직 음악으로 그 추억을 회상할 수 있었다.

학원에서 운영했던 셔틀 차에서 원장 선생님께서는 항상 라디오로 음악을 들려주셨다. 라디오에서 나온 곡들은 2000년대의 인기 K-POP. '브라운아이드걸스', '빅뱅', '손담비' 같은 가수의 노래였다. 나는 라디오에서 들려오는 음악을 들으며 친구들과 함께 열심히 따라 불렀다.

노래의 시작도 4살이 되던 해. 아빠와 일요일이 되면 걸음을 맞춰 함께 걸었던 '운암지 공원'에서 노래 선발 대회가 열렸다. 처음 용기를 내어 대회에 나갔다. 어린 마음에 나는 관객들의 시선과 긴장에 대하여 아랑곳하지 않고 부르고 싶었던 곡을 불렀다. 앞으로 내가 들려줄 노래의 첫걸음이 된 것이다.

그 덕분에 지금이 되어서도 용기 있게 노래를 부를 수 있었으니까. 어린 시절의 조그마한 경험으로 지금까지 많은 사람들 앞에서 노래를 부를 수 있었다.

팀의 구성원으로서 노래를 불렀던 기억이 대다수. 그러나 고등학교 1학년 음악 시간, 혼자 하나의 음악을 과연 제대로 들려줄 수 있을까 하는 걱정도 있었지만 친구들 앞에서 노래를 부르게 되었다. 친구들이 내가 들려주는 음악에 집중할 수 있도록 노력했다. 언제나 남는 아쉬움도 잠시, 정말 많은 환호가 들려왔다. 음악을 통한 공감은 말을 통한 공감보다 훨씬 더 따뜻하다. 많은 친구들의 응원이 아직도 귓가에서 맴돈다.

DJ, 함께 음악을 공유하는 것

음악 사이트 '멜론'에서의 DJ.

주제에 맞는 곡을 플레이리스트로 만들어 많은 이들과 음악을 공유하는 것이다. 생각보다 대단한 일은 아니지만 상당한 애착을 갖고 있다. 나는 플레이리스트를 통해 음악을 널리 공유하기 위해 DJ를 시작했다.

2015년 12월 18일, DJ가 되어 처음으로 플레이리스트를 만들었다. '추운 겨울밤, 가볍게 듣는 곡', 처음 만든 플레이리스트. 시간이 지날수록 나만의 플레이리스트를 제작하기 위한 노하우를 터득했다.

2016년 5월 5일, '한번 들어보세요, 후회하지 않을 POP SONG' 플레이리스트가 5월 3주 차트 1위를 차지했다. 나는 그 덕분에 해외 음악에 많은 애착을 가지게 되었다.

최근 관심을 갖게 된 장르는 힙합. 가장 큰 목표는 힙합 플레이리스트로 더 많은 사람들과 좋은 곡을 함께 공유하는 것이다.

나는 멜론 DJ로 인해 많은 것을 느낄 수 있었다. 곡을 듣고 느낀 감정을 다른 이와 함께 느낄 수 있다는 것 자체만으로도 행복이다. 마주 보며 말하지 않아도 소통이 가능하다는 것을 깨달았다.

반면, 알려지지 못한 숨겨진 아티스트들. 널리 알려질 만한 곡들이 많아 어려운 부분이 있는 것 같다. 그걸 잘 알기에, 지금은 빛을 발하지 못해도 정말로 함께 공유하고 싶은 곡들을 찾아 플레이리스트에 넣으려 노력한다.

MUSIC FESTIVAL

듣기만 했던 음악을 눈으로 직접 보고 싶었다. 페스티벌에 가고 싶은 마음. 그러나 부모님 없이는 아직 어린 나이였기에 좀 더 시간이 필요했다.

2017년 5월 27일, 힙합 페스티벌 공연장으로 향했다. '청년 대구로 청춘 힙합 페스티벌'에서 나는 새로운 경험을 하게 된다. 많은 사람들과 자유롭게 뛰놀며 음악을 즐길 때 느꼈던 감정이 선명히 남아 있다.

그러다 문득 내가 좋아하는 아티스트들의 라이브를 모두 보고야 말겠다는 막연한 다짐을 하게 된다.

지금까지의 여행

아직은 여행이 얼마나 대단한 일인지 잘 모른다. 그저 가보고 싶은 모든 곳을 여행할 것이다. 내 삶의 가장 큰 부분이 바로 여행이다.

이 열망의 크기는 어렸을 때부터 남달랐다. 떠나는 것이 좋아 어디든 가보려고 했고, 어린 시절의 소풍은 아직도 머릿속에서 그림이 그려졌다. 그만큼 나는 항상 여행을 바랐고 초등학교 6학년부터 여행의 첫걸음이 시작되었다.

내가 처음 떠난 곳은 제주도. 나만의 방식으로 여행을 즐길 방법을 몰랐기에 그저 재미있게 웃고 놀았을 뿐. 그러나 아직도 이 여행이 기억 속에 남아 있는 이유는 바로 숙소에 있다. 그 숙소의 분위기가 정말 좋았다. 당시의 숙소는 넓은 복층 펜션. 가구나 전등 모두 어두운 느낌이며, 라벤더 향기가 더해져 포근한 기분이 들었다. 그때부터 지금까지 복층 집을 변함없이 마음에 두고 있다. 그곳에서 6학년의 내가 친구들과 뛰놀았던 기억이 아직도 선명하다.

6학년을 시작으로 이모께서 제주도에 계신 덕분에 제주도에서 자주 여행을 즐겼다. 그만큼 제주도는 내게 상당히 포근하고 익숙한 곳이다.

제주도 다음으로 여행한 곳은 바로 부산. 이번만큼은 부모님 없이 혼자 힘으로 여행하고 싶었기에 주저 없이 친구들과 떠났다. 부산 여행의 시작은 바로 부산역. 부산의 전경은 대구와 조금 달랐다. 시끌벅적한 사람들과 관광하기 좋은 버스 노선, 그리고 정말 많은 상가들. 부산역 주변은 정말 혼잡한 모습이다.

첫 목적지인 '초량 이바구길'을 찾기 위해 지도를 켰다. 가까스로 찾다가 우리는 '초량 이바구길'의 간판을 찾게 된다. 그래서 지도 없이도 간판 안내로 길을 찾을 수 있었다. '168 계단'을 올라 전망대에 도착했다. 한가득 펼쳐진 부산의 절경은 높은 건물보다 주택가가 모여 있어 생각보다 소박한 느낌이다.

다음 목적지는 영도구의 '흰여울 문화마을'.

영도에 도착해 보니 이제 부산의 본 모습을 모는 기분이다. 바다 냄새가 났다. 이곳 또한 지도를 보지 않아도 쉽게 찾을 수 있었다. 안내를 따라 계단을 내려가 보면 반짝이는 바다에 늘어진 산책로와 새하얀 전망카페가 펼쳐진다. 그냥 지나가려던 해안 산책로의 바다 가까이에서 여유를 가졌다.

산책로를 따라 걸어가면 보이는 흰여울 문화마을. 부산에는 높은 계단이 많았던 탓에 흰여울 문화마을에 도착하기 위해 올라야 하는 계단을 보며 우리는 탄성을 질렀다. '변호인' 영화 촬영지로 유명해진 관광지이지만, 꽤나 구석진 마을이라 이곳에 살고 있는 주민의 여유가 한껏 느껴졌다.

매일 그려왔던 스튜어디스

　새내기로 들어온 지 엊그제 같은데 벌써 두 달이 지나갔다. 현재 공부하고 있는 대학은 정말 좋은 곳이다. 그저 원하는 대학에 다닐 수 있는 것 자체가 너무나도 값진 일이다.

　그렇기에 그 감사함을 잊지 않고 열심히 공부하려고 한다. 학비 부담을 덜기 위해 작은 아르바이트를 하고 있으며, 장학금을 받기 위해 계속해서 노력하며 살아가고 있다.

– 2019년 5월 20일

미국 생활에 적응한 지 이제 3달이 지났다. 어렸을 때부터 교환학생에 대한 간절함이 컸기에 어디든 도움 없이 혼자 생활할 자신감이 생겨났다. 합격과 동시에 기쁨이 매우 컸다. 그래서인지 오리엔테이션의 조모임과 기숙사 신청, 항공권 예약까지 훨씬 즐겁게 할 수 있었다.

다만, 미국 땅을 밟으면 정말로 혼자 남는다는 생각에 걱정이 조금 앞선다. 그만큼 항상 정신을 차려야 한다.

'신시내티 대학'에서 전공하게 된 과목은 중국어. 스튜어디스가 되기 위해서 영어는 물론 중국어가 필요하기 때문에 어학 연수로 돈을 들이기보다 대학 생활을 하며 중국어를 배우는 게 나에게 좋을 것 같아 선택했다. 미국의 대학은 한국보다 발표나 연구 같은 활동 조사가 많아 수업이 끝나고 나면 동료들과 학교광장에서 함께 과제를 해결하곤 한다.

내가 교환학생을 꿈꾸게 된 이유는 학문적인 경험도 있지만, 궁극적으로는 여행 때문이다. 일정이 없으면 가고 싶은 주요 도시들을 떠돌곤 한다.

초반 미국 생활에 적응하면서 현지인들의 문화를 느끼기 위해 기숙사 근처의 공원에 갔다. 이곳은 휴대폰을 들고 바쁘게 지나가는 한국인과는 다르게 햄버거, 샌드위치를 먹으며 독서나 이야기로 여유를 가지는 모습이 많이 보였다. 어디에 앉아도 쾌적한 공원 문화가 보기 좋았다.

– 2021년 6월 22일

학교라는 존재에 다시는 기댈 수 없게 되었다. 4일 뒤에는 또다시 한 학교와 이별을 맞이한다. 4년 동안 잘 버텨준 나에게 감사하지만, 한편으로는 바쁘게 4년을 걸어온 내 모습이 스쳐가면서 그때의 풋풋함이 그리워지기 시작한다. 내가 고등학교를 졸업했을 적 느낌과 비슷한 것 같다. 아직 나는 사회에 나갈 준비가 안 된 것 같은데, 시간은 너무 빠른 것 같다.

눈 깜짝하면 고등학교 졸업식이 눈앞에 있을 거라는 말을 그 시절에는 자주 들었어도 대학 생활마저 이렇게 빠르다니. 졸업한 후 여태껏 준비해 온 노력으로 취직을 준비할 나는 마음을 굳게 다잡았다.

- 2024년 2월 20일

꾸준한 노력 끝에 항공 승무원 면접을 합격한 나는 말투, 태도, 걸음걸이, 직무수행 등 스튜어디스로서의 자질을 함양하기 위해 교육을 받게 된다. 면접 합격만이 내 마지막 시련이라 생각했건만, 많은 사람들과 소통해야 하는 서비스업이라는 점 때문에 예상치 못할 많은 일들에 대비를 할 수 있어야만 했다. 범죄, 추락, 자연재해 등 비상사태의 사고에도 당황하지 않고 침착하게 움직일 수 있어야 하는 직업이 바로 승무원이다. 많은 혜택을 누릴 수 있는 만큼 상당한 노력이 필요하기에 안전하게 비행을 즐길 탑승객들을 위해 교육받은 내용을 고등학교 시절 공부해왔던 것처럼 노트에 정리해 두었다.

사고에 대한 교육뿐만이 아니다. 국제선의 승무원으로서 다양한 국가의 문화에 대해서도 알아야 한다. 문화 차이 때문에 탑승객이 불편함을 느끼거나 승무원에 대해서 불쾌함을 느낄 일들이 발생할 수 있기 때문에 다양한 문화를 공부하여 승객마다 친근하게 소통할 수 있는 그런 스튜어디스가 되고자 지금까지 공부해왔다.

모든 교육을 끝마치고 자랑스러운 정직원이 되어 첫 출근을 하게 된 나. 비행 생활에 적응하면서 정말 내가 스튜어디스라는 사실이 가끔 믿기지 않을 때가 있다. 그러나 항공사에서 일하며 많은 국가를 여행할 수 있게 되면서 정말로 꿈이 실현되고 있다는 것을 느끼고 있다.

최근에는 싱가포르를 여행했다. 한국에서 싱가포르까지 약 6시간 비행이기에 장시간 바른 자세로 서 있어야 하는 비행 생활에 완전히 적응하지 못해 상당히 피곤한 상태였다. 싱가포르에 다시 갈 기회는 많기 때문에 이번 여행은 호텔 '마리나베이샌즈'의 수영장에서 전경을 보며 피로를 풀었고, 밤이 깊어갈 즈음 '클락키'에서 저녁을 먹었다.

생각보다 작지만 볼거리가 가득한 나라. 바쁜 비행 생활에 지친 나에게 여유를 선물했다.

– 2029년 3월 20일

벌써 10년이 훌쩍 지나가 버렸다. 사무장이 된 나는 승무원으로서 탑승 객에게 최상의 프로다운 서비스를 제공하며, 가능성이 높은 인재를 찾는 신입 채용 심사와 최종 면접까지 합격하게 된 젊은 신입 승무원들이 스튜 어디스로서 무한한 자질을 펼칠 수 있도록 교육하고 있다.

승무원은 평생의 소중한 직업이다. 10년이 지나도 계속되는 비행 생활에 도 여행은 계속된다. 여행의 목표는 세월이 지날수록 조금씩 변화한다. 여 행의 새로운 목표, 세계 일주는 나의 많은 경험과 노력으로 실현되고 있다.

- 2043년 11월 16일

아직도 시멘트 냄새가 나는 집. 제주도에 복층 집을 마련했다. 막 퇴직하 고는 허전한 마음이 계속 남아 있지만, 남은 삶을 자유롭게 살 수 있게 도 와줄 소중한 집을 마련하게 되어 홀로 여행하는 동안 외로움을 없앨 수 있 었다.

50대가 되어 가벼웠던 몸이 점점 더 무거워지기 시작했다. 그래서 계속 되는 여행으로 지친 몸을 제주도의 한적한 집에서 쉬는 것을 여행과 병행 하기로 했다. 제주도의 집과 여행이 함께하여 서툴고 바빴던 젊은 시절 여 행과는 다른 새로운 경험이 될 것 같다.

- 2052년 8월 7일

창문 너머로 스톡홀름의 풍경이 보인다. 잔잔한 음악으로 피로를 푼다. 스웨덴의 땅을 밟은 지 5일이 지났다. 몇 년 전, 평생 짊어질 것 같았던 승 무원의 허물을 벗고 이제 내게 남은 것은 여행뿐이다. 취직을 하고 틈틈이 여행을 다니며 도착한 현재, 정말 많은 나라를 다녀왔으며 잊지 못할 기억 들을 남겼다.

많은 나라의 땅을 밟았지만 이젠 경험을 쌓기 위한 여행보다는 피로를 풀고 편안함을 느낄 수 있는 소박한 나라가 좋다. 이러한 변화가 생긴 이유도 분명 그만큼 바쁘게 살아왔었기에 그런 것이다.

하지만 바뀌지 않는 게 있다. 내가 죽을 때까지, 음악은 영원히 바뀌지 않는다. 지금도 여행하며 지칠 때면 마음을 안정시키기에 좋은, 어릴 적 듣던 'Mac Demarco'의 'Another One'과 같은 곡을 항상 찾고 있다. 이렇게 음악을 들으며 위에서 내려다보이는 스톡홀름의 풍경과 사람들의 모습을 지켜보고 있노라면 깊은 생각에 잠기게 된다.

나이가 드니 생각이 좀 더 명료해진다.

'삶이란 알고 보면 그렇게 복잡하고 꽉 차여 있지는 않은 것 같다. 성공하기 위해 노력하고, 돈과 명예에 좌우되는 사회에서 벗어나 여행을 떠나보면 지금까지의 노력과 걱정이 무의미해져 버린다. 만약 다음 생에도 내가 사람으로 태어난다면 이 사실을 좀 더 빨리 깨달았으면 좋겠다.'

– 2057년 6월 2일

후
기

'오늘은 이렇게 살아야지, 미래에는 이렇게 살아야지'
머릿속으로 그려온 계획은 많았지만
오늘을 살아가기에 바빠
예측할 수 없는 미래에 가끔 물음표를 던졌다.

그러나 어떻게 보면 당연하다.
불확실한 미래이기에 우리는 더 열심히 사는 것이다.
과거와 현재, 그리고 미래의 연결점을 찾아내어
진정한 나 자신에 대해 생각하게 해준
뜻깊은 내 자서전을 소중히 간직하기를 다짐하며 글을 마친다.

나에게 보내는 편지

WRITING / PHOTO. 박 현 진

박 현 진

과거와 미래가 나의 꿈을 위한 긍정적인 메시지로 연결되며

현재 나에게 희망적인 의미가 있을 것이라고

믿어 의심치 않는다.

시퓨즈_상상

8TH SHIFT U'S 상상

2016년, 나의 목표인 대학교에 찾아가 뜻깊은 경험을 체험해 보고 왔다. 그 대학교 미디어커뮤니케이션학과에서 주최하는 미디어 캠프 '시퓨즈'는 저널리즘 캠프, 영상 캠프, 라디오 캠프로 이루어져 있다. 방송기자가 되길 꿈꾸는 나는 직접 저널리즘 콘텐츠를 제작하는 능력을 키우며 취재를 하여 나만의 기사를 쓰고 싶은 마음에 저널리즘 캠프에 지원하여 캠프에 참가하게 되었다.

이 캠프는 3박 4일로 이루어졌는데 첫째 날에는 같은 저널캠 멘티, 멘토들과 친해지기 위해 게임도 하고 카메라 기법들을 배웠다. 엄청 값비싼 카메라라서 고장날까 봐 조마조마했던 기억이 샘솟는다. 둘째 날에는 기사 주제를 각자 정하여 취재 또는 인터뷰를 했다. 내가 고른 주제는 '사드 배치'였는데 많이 어려운 주제라 힘이 들었지만 새로운 분야에 다가섰다는 것이 뿌듯했다.

그리고 설레는 마음으로 한겨레 신문사를 견학했다. 신문이 만들어지는 과정을 직접 관찰하여 매우 짜릿했다. 셋째 날에는 바이라인 등 기사를 첨삭하며 피드백 받은 것으로 수정하여 나만의 기사와 신문을 만들게 되었다. 뿐만 아니라, 중앙대 미컴을 졸업하신 KBS 강나루 기자님의 멘토링이 있었다. TV에서만 볼 수 있었던 분이 지금 내 눈앞에 계신다는 것이 매우 영광스러웠다. 사인도 받고 함께 사진도 찍을 수 있어 즐거웠다.

마지막 날. 벌써 헤어져야 한다는 현실이 믿기 힘들었다. 아쉬운 마음이 가득 담긴 채 마지막으로 멘토, 멘티들과 롤링 페이퍼를 쓰고 폐회식을 했다. 수료증을 받고 국장님의 말씀을 경청하는데 나도 모르게 눈물이 핑 돌아 대성통곡을 했다. 2016년 중 가장 많은 눈물을 흘렸던 것 같다. 집으로 내려오자마자 홀로 방에 틀어박혀 멘토, 멘티 분들이 빼곡히 적어 주신 나의 롤링 페이퍼를 차근차근 열심히 읽어나갔다. 어색하기만 한 사람들과 장소와 활동들을 시작으로 서로에게 정이 많이 들어 헤어질 때까지 눈물을 흘리던 모습이 새롭고 뜻깊었다.

2016년 중 가장 손꼽히는 경험이라 해도 과언이 아니다. 시간이 많이 흘러 벌써 시퓨즈 캠프를 다녀온 지 대략 1년이 되었는데 아직도 그때의 기억이 눈앞에 선하다.

청소년 기자단

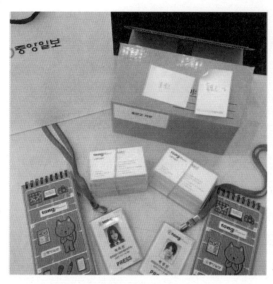

나의 장래희망은 기자이다. 나는 기자와 관련된 많은 활동을 최대한 경험해 보려고 노력하는 중이다. 이러한 나에게 '중앙일보 청소년 기자단 TONG 모집'의 홍보문은 내 인생의 터닝 포인트가 될 수 있을 거라는 생각이 머릿속을 스쳤다. 지원하자. 같은 학교에 재학 중인 친구와 함께 '동문고 지부'를 만들었고, TONG 기자단에 합격하여 발대식에 초대받게 되었다.

기쁜 마음을 가득 안은 채, TONG 기자단 발대식에 참여하기 위해 KTX 서울행 기차표를 구매했다. 솔직히 왕복교통비가 많이 들었지만 필요할 땐 써야 한다. 보호자 없는 미성년자 둘의 서울행이었지만, 나름 길도 헤매지 않고 순조롭게 발대식 장소인 숙명여대에 다다르게 되었다.

발대식은 어마어마했다. 많은 기자들과 기자를 꿈꾸는 친구들 그리고 숙명여대 재학생 등등 많은 사람들이 있었다. 시퓨즈라는 캠프와 오픈 캠퍼스 투어 두 가지의 체험 모두 기자와 연관이 되었는데 그곳에서 많은 선배들과 친구들도 만나게 되었다. 확실히 같은 꿈을 가지고 있다 보니 서로 활동하고 싶어하는 분야도 동일하여 이렇게 다시 만나게 되니 정말 기분이 색다르고 뿌듯했다. 오랜 시간 동안 진행되었던 발대식이었지만 전혀 지루하지 않고 다양한 것을 배울 수 있었던 기쁜 하루였다.

MUNID

　평소 국제적 이슈에 대해 관심이 많아 국제부 기자를 희망하던 나는 타 학교에서 열린 모의 컨퍼런스에 참가하게 되었다. 그러다 우리 학교 학생들이 주체가 되는 대회를 개최하고 싶다는 바람이 생겼다. 내가 소속되어 있는 인문사회동아리 HuSAC 언론정보 셀과 함께 이 대회를 구성하기 위한 사무국을 꾸렸다. MUNID(Model United Nations In Doogmoon)라는 명칭을 가진 동문고 모의 유엔에서 나는 사무총장의 직함을 가지고 대회 전체적인 부분을 책임지며 준비를 했다.

　사무국을 구성하던 중, 모의 컨퍼런스 경험이 많은 외부 학생들을 섭외하는 것이 어떨까? 하는 생각을 했다. 그러기 위해서 첫 모의 유엔을 교외로 열어야 했으며 많은 분들의 동의가 필요했다. 허락을 받기 위한 과정에서 많은 역경과 고난이 있었고, 결국 교내 대회를 개최하라는 교장 선생님의 지시가 내려졌다. 모의 컨퍼런스 경험이 있는 학생은 우리 학교에 많지 않았기 때문에 대회진행에 큰 어려움이 생겨 포기하고 싶은 맘도 많이 들었다.

그러나 대회의 사무총장인 내가 안일하게만 생각했다는 것을 깨달았고, 경험이 있는 친구들에게 조언을 얻으며 차근차근 해결해 나갔다. 그 후, 이 대회에 함께하고 싶다는 학생들의 손길이 다가왔고, 이로 인해 용기를 얻은 나는 우리 학교 학생들이 부담감 없이 참여할 수 있는 기회를 제공하고자 더욱 힘썼다. 뿐만 아니라 여러 참가자들의 의견을 적극 수렴하여 불편한 점을 최대한 개선하고자 했다. 성공적인 회의의 진행과 최고의 토론 경험을 위해 최선을 다하였다.

대회는 성공적으로 끝났고, 많은 박수를 받았다. 학생들이 직접 사무국, 의장단, 총회 회의 운영국 그리고 각국 대사 역할을 맡아 토론과 결의안 작성 등을 통해 협상 및 발표 능력을 배양시켰다. 다른 학생들이 모의 컨퍼런스에 많은 관심을 가지고 참가하려는 모습을 보고 매우 뿌듯했고, MUNID를 만들어줘서 고맙다는 말을 들으니 그간의 고생이 씻은 듯 다 사라지는 느낌이었다.

빵집 딸래미

2017년 1월, 아버지께서 파리바게트 카페를 개업하셨다!

(짝짝) 어렸을 때부터 엄마나 아빠가 가게를 열면 그 주변에 비밀공간을 만들어서 나만의 아지트에서 생활하고 많은 손님들을 만나보는 것이 나의 로망이었다. 그러다 평범한 회사원이었던 아빠는 예전부터 꿈꿔왔던 창업을 하게 되었다. 주변의 도움 덕분에 비로소 아빠의 꿈을 이룰 수 있었다.

난 아빠가 가게를 하는 게 정말 좋다. 뿐만 아니라 그 가게가 내가 좋아하는 빵집이라는 사실이 더할 나위 없이 좋다. 심지어 카페라는 것이 더욱 좋다.

하지만 단 한 가지 단점도 있다. 아빠의 카페가 포항에 위치한다는 사실이다. 이렇게 되면 아빠는 가게를 위해 포항 근처에서 생활해야 한다. 대구에서 포항까지 승용차로 1시간이 넘는 거리라 현재 우리 집에서 출퇴근하긴 힘들 것이다. 마음이 아프지만 아빠는 가게 근처에 집을 사서 현재 생활

중이다.

개업하고 일주일도 안 되었을 때, 나와 언니 그리고 엄마가 포항으로 내려가 아빠의 가게를 둘러보았다. 기대한 것 그 이상이었다. 카페라 그런지 앉아서 휴식할 공간도 많고, 속된 말로 '분위기 깡패'였다. 빵집 딸내미가 된 언니와 나는 들뜬 마음으로 빵들을 구경했다. 평소에 먹고 싶었는데 가격이 부담되어 사먹지 못했던 마카롱 아이스크림도 먹고, 내 사랑 초코 소보루빵과 슈를 먹었다. 카페에 있는 빵 종류를 모두 외운 것 같다.

이틀 동안 아빠의 가게에 있으면서 여러 가지 일들도 도와드렸다. 카페라 음료를 주문하시는 손님들도 많으셨는데, 아빠에게 카라멜 라떼 등등 쉬운 레시피인 음료 몇 가지 만드는 방법도 배웠다. 알바하는 기분도 생기고 정말 재밌었다. 늘 호기심을 가지고 있었던 포스 기계도 만져보았다. 아빠에게 내가 한다고 고집 피우다가 실수도 했지만, 그 당시의 나는 사장이 된 거 같아 즐거웠다.

주말마다 아빠가 오시는데 매번 가족들이 좋아하는 빵들을 두 손에 가득 안고 오신다. 언니와 나는 우리가 아빠 가게를 거덜내는 건 아니냐고 걱정은 하지만 먹긴 다 잘 먹는다. 지금까지 아빠의 카페가 잘 되고 있어서 기쁘지만 대구였으면 2배로 좋았을 것 같다. 아빠 가게도 자주 도와드리고 의자에 앉아 빵을 먹으면서 숙제도 하고 대구 친구들에게 홍보도 하며 내 수준으로 최선을 다해 도와드릴 수 있기 때문이다. 가게가 잘되는 것 또한 좋지만, 아빠 혼자 평일을 보내실 때 밥을 잘 챙겨 드셨으면 좋겠다.

지금도 케이크 한 조각을 떠먹으며 글을 써 내려가는 나는 '빵집 딸내미'다.

첫 제주도 여행

　제주도로 현장체험학습을 갔다. 여행 일정을 보니 이중섭 미술관이 있었다. 처음엔 어떤 곳일까 궁금하기도 했고, 이중섭이라는 인물을 몰랐기 때문에, 어떤 인물이기에 이렇게 미술관까지 생긴 걸까 하는 궁금증이 있었다. 들어가는 길에 이중섭 화가가 서귀포에 머물 당시 거주하였던 실제 집을 보고 아직 사람이 거주하는 상태로 유지가 되었다는 게 신기했고 한편으로는 다행스러웠다.

　이중섭 미술관에서 가족들의 그리움을 표현한 이중섭 화가의 다양한 그림들과 편지들을 볼 수 있어 매우 뜻깊었고 얼마나 따뜻한 분인지 깨닫게 되었다. 비록 미술에 대해서 깊게 알지 못하는 나지만, 그림과 편지에서만 봐도 이중섭 화가의 가족에 대한 사랑과 그리움을 느낄 수 있었다.

　또한, 제주의 푸른 바다와 한라산 자락을 타고 흘러내리는 제주도 오름들의 모습이 한눈에 보이는 성산 일출봉은 그야말로 예술의 한 장면이었다. 내 두 눈에 담기 벅찰 정도로 아름다운 풍경을 가진 성산 일출봉이 세계적으로 유명한 제주도의 자랑이라고 일컫는 것이 납득되었다.

늘 푸른 청춘

고등학교를 졸업한 후, 희망해 왔던 신문방송학과에 합격해 '새내기' 라 불리며 꿈꾸던 대학 생활을 하고 있다. 물론, 모든 것이 내가 바라왔던 생활은 아니다. 상향으로 지원한 학교로 입학하게 되어 기쁜 마음도 잠시, 등록금이라는 큰 벽에 다다르게 되어 학자금 대출을 받고 있는 모습이 현실이다.

드라마틱한 인생을 꿈꿔왔던 것은 아니다. 다만, 먹고 싶은 거 먹고 CC가 되어 예쁜 연애도 하며 한마디로 '놀 거 다 놀면서 학점 잘 받는 대학생활!' 을 늘 바라왔다. 너무나도 큰 기대였을까. 등록금 마련하랴. 자취방 월세 마련하랴. 돈돈돈! 한 글자뿐인 이 단어가 내 인생을 이리 어렵게 만들다니. 공강일 때 근처에 있는 예쁜 카페에서 대학 친구들과 노닥거리며 캠퍼스 풍경의 사진을 남기는 것은 무슨… 알바를 두 개나 하느라 놀 시간도 없다. 덕분에 나가는 것보다 들어오는 게 훨씬 많긴 하다.

초등학생 때부터 남다른 도전 정신과 누구보다 큰 목소리로 대표란 대표는 모두 도맡아 실천했던 나다. 그래서일까. 대학생이 되어서도 과대표를 하고 있다. 과거의 나를 혼내주고 싶다. 알바하기도 벅찬데 과대표까지 왜 한 거니? 현진아. 스펙 쌓는 것은 뒤로한 채 알바에만 전념한 것도 오렌지다.

2년 후, 지속적으로 알바 인생인 나에게 꽃길을 권하는 메시지가 도착했다!! 바로 인턴 기자를 해보라는 선배님의 말씀!! 같은 과 선배가 나에게 이런 뜻깊은 경험을 주시다니. 고등학교 3년 동안 연애도 못하고 대학 와서까지 CC 한 번 못해 본 나에게 드디어 인턴 기자라는 기회가 다가왔다.

아니나 다를까, 인턴 기자도 내가 학창 시절 때부터 그려왔던 모습이었다. 아직 정식 기자는 아니지만 인턴 기자를 출발선으로, '기자' 라는 것에 한 걸음씩 다가서며 내 꿈을 차근차근 이루어 나갈 것이다.

그곳에 꽃 피는 봄이 오다

10년 뒤 JTBC에 입사하였다. 손석희 앵커님께 극찬을 받으며 꽃 같은 기자 생활을 하는 내가 특종을 접하게 된다. 국제부 기자로서 늘 최선을 다하며 성실한 삶을 추구하고 편견 없는 기사로 진실만을 전달했던 나에게 드디어 봄이 오는 순간이었다.

특종으로 인해 나는 제법 유명해졌다. JTBC의 간판이 된 나는 국제부 기자로 취재를 하다가 그리니치 천문대 앞에서 해외 출장을 온 아나운서와 눈이 맞아 썸을 타게 되었다. 서울대학교 언론정보학과를 졸업한 그는 나의 이야기를 듣고 내가 졸업한 중앙대학교 미디어커뮤니케이션학과 건물에 함께 가보고 싶다고 하였다. 그렇게 서로의 대학교에 함께 가보며 대학교 시절의 추억을 떠올렸다. KBS 아나운서인 그는 나와 계속 만나보고 싶다고 했다.

나와 그는 연애를 시작하게 되었으며, 2년 반 동안의 기나긴 연애 끝에 결혼에 골인하게 되었다. 많은 아이들을 출산하고 싶어했던 내가 세 쌍둥이를 가지게 되었다. 사랑스러운 아이들의 결혼식을 모두 지켜보고 마지막까지 함께 보내며, 아름다운 나날을 보냈다. 이번 생은 매우 행복했다.

후
기

과거의 나를 조용히 돌아보고 하나둘 표현하다 보니
내 인생은 특별하다는 것을 깨달았다.
다른 친구들이 많이 해보지 않은 대회나 경험들을 여럿 체험해 본 것
같고 틀에 박힌 삶이 아닌 자유로운 삶을 살고 있기 때문이다.

미래의 나도 중요하지만 과거의 내가 행복했기에
이번 자서전 쓰기에서 과거의 추억들을 많이
되새길 수 있었던 게 아닐까?

몇 년 후, 나의 자서전을 다시 읽게 된다면
과거의 내가 얼마나 즐거웠는지
또, 과거에 생각했던 나의 미래와 그 당시의 내가
얼마나 일치하는지 비교해 보는 것도 재미있을 것 같다.

수많은 깨달음을 얻으며 글을 마친다.

제2부

Si vales bene est, ego valeo. Si vales bene, valeo.

박지민 — 2학년 12반 12번

Si vales bene est, ego valeo.
Si vales bene, valeo.

WRITING / PHOTO. 박 지 민

박 지 민

내 이름은 박지민, 박지민이다.

어릴 적부터 나의 이름을 기억 못 하는 사람들이 많아

한때는 개명을 하겠다며 이름을 짓고 다녔던 기억이 난다.

그럼에도 결국 박지민으로 살기를 선택했다.

내 꿈은 내가 살아서 많은 사람들이

내 이름 석 자를 머릿속에 꼭 꼭 기억하는 것이다.

그래서 글을 읽으시는 분들도 꼭 내 이름을 기억해 주시면 좋겠다.

머리와 자존감의 상관관계

　얼마 전 나는 몇 년 동안 길러온 머리를 잘라내기로 결심했다. 처음 머리를 자른다고 했을 때는 다들 나를 말렸다. '너 짧은 머리는 별로일 것 같아. 넌 그래도 긴 머리가 잘 어울려.' 라는 말들이 나를 따라왔지만 나는 듣지 않기로 했다. 예전부터 해오고 싶었던 게 하나 있었기 때문이다.

　고등학교 1학년 때 머리가 길던 내 친구가 어느 날 갑자기 머리를 자르고 와서는 기부를 했다고 얘기해 주었다. 그 당시 나는 중학교 3학년 때 머리를 자르고 3일 동안 펑펑 울다가 앞으로는 절대 머리를 자르지 않겠다고 다짐한 이후여서 그때도 머리를 계속 기르고 있었다. 근데 친구가 그 긴 머리를 자르고도 태연하게 말하던 모습이 내게는 조금 충격적이었던 것 같다. 별거 아니지만 나는 내 긴 머리를 좋아했다. 그래서 많이 고민도 했었다. 하지만 그날은 정말 잘라서 기부하기로 하고 미용실에 갔다.

　미용실에 갔더니 미용사 언니들도 정말 다 자를 거냐면서 아깝지 않냐고 물으셨다. 나는 "괜찮아요, 잘라주세요."라고 고민 없이 답했다. 언니들이 마음이 예쁘다고 연신 말해 주셔서 조금 부끄럽기도 했다. 자른 머리는 묶어서 우체국에 들고 가 소아암 협회로 부쳤다.

소아암 환자의 가발을 만들기 위해서는 약 200명 정도의 머리카락이 필요하다고 했다. 내가 몇 년 동안 기른 머리는 여러 이들의 머리카락에 섞여 한줌의 가발이 되어서 아이에게 갈 것이다. 조금이라도 도움이 된다는 것이 나를 제일 기분 좋게 만들었다.

집에 와서는 거울로 내 모습을 보았다. 주변 이들이 겁을 줬던 만큼 이상하지 않았다. 머리카락이 짧아도 나는 여전히 나였다. 이때까지 난 항상 주변인들의 말을 너무 믿으며 내가 진짜 하고 싶었던 일들은 하지 못 했던 게 태반이었다. 하지만 막상 내가 한 결정들은 나를 기분 좋게 만들었다.

 Oasis - Don't Look Back In Anger

작별인사를 하는 법

　그건 초등학교 4학년 때의 일이다. 지금은 흐릿하지만 아직 그 하얀 솜털들이 나는 기억이 난다. 내가 처음으로 책임감을 가지고 키웠던 아이였다. 하얀 털이 부드러웠고 눈가에 찍혀 있는 점 하나가 인상적인 토끼였다. 이름은 점박이였다. 내가 지어준 이름.

　초등학교 4학년이 할 수 있는 한 난 그 애에게 잘 해주고 싶었다. 학교를 마치면 놀아주려 했고 목줄을 채워서 산책을 데려나가기도 하였다. 4학년이면 점박이가 언젠가는 죽을 것이라는 걸 잘 아는 나이였다. 하지만 구태여 그런 생각을 꺼내보지는 않았다. 왜냐면 그때는 그만큼 점박이를 사랑했으니까. 외면해왔던 것들도 결국엔 찾아온다. 받아들이고 싶지 않아도 받아들여야 할 때가 온다.

　1년 정도를 산 그 애가 죽었다. 어제까지만 해도 따뜻했는데 밤이면 케이지에서 꺼내달라고 조르던 애였는데 순식간에 가버렸다. 내가 사랑했던 만큼 점박이는 나를 슬프게 만들었다. 하루가 됐을 때 제일 많이 울었고 둘째 날에는 그것보다는 덜 울었다. 없으면 못살 것 같았는데 언제부터는 점박이가 없는, 덩그러니 비어 있는 케이지가 더 익숙해지는 날도 왔다. 그 사실에 많이 미안해졌다, 점박이를 기억해 줄 수 있는 사람은 나뿐인데, 나마저도 잊어버리게 되면 그 애는 정말 잊혀버리게 될 것이라는 것에, 그리고 드문드문 간식을 조금만 줬던 것 같이 사소한 게 뒤늦게 기억이 나서 미안해졌고 그 애가 좋아했던 미나리를 볼 때, 가져다 줄 수 없다는 게 슬펐다.

커가면서 나는 점박이를 비롯해 많은 것들을 보내줘야 했다. 가끔은 받아들이기 싫어서 작별인사를 하는 때를 놓쳐 버릴 때도 있었다. 아니면 이별하는 게 싫어서 아무것도 좋아하지 않겠다고 생각할 때도 있었다. 하지만 결국엔 직접 하지 못한 작별인사를 떠난 후에 혼자서라도 해야 했고 이별의 후유증들은 시간이 해결해 주었다.

이제 보내주어야 할 때는 꼭 작별인사를 해 주자.

"잘 가"라고.

 우효 - 아마도 우린

내가 사는.

　무언가를 한다면. 그리고 그게 내 스스로 결정한 일이라면. 우리에게는 책임이 따른다. 나는 책임을 진다는 게 무서워서 포기했던 일들이 많았다.

　고등학교 1학년 때 나는 내 방이 마음에 들지 않기 시작했다. 그건 오래 전부터 느낀 것이었지만 모난 부분이 한 군데 보이기 시작하면서 그 후로는 모든 게 마음에 들지 않게 돼버렸다. 그래서 정말 충동적으로 다 갈아 엎어버려야겠다는 생각에 벽지를 사고 바닥재를 사버렸다. 한 번도 해 본 적이 없었는데도 불구하고. 아빠께는 "제가 다 알아서 할 게요."하고 덜컥 선언했다. 아빠는 알았다고 하셨고 그때부터 모든 책임은 전부 내게로 왔다. 나는 며칠 동안 벽지를 바르는 법. 바닥을 떼어내는 법. 가구를 어떻게 배치할지 따위를 매일이고 생각했다.

　집이 비게 된 날. 그날 전부 끝내기로 하고 친구들에게 도와달라고 부탁하고 그 전날부터 가구를 빼내기 시작했다. 침대를 분해하고 그렇게 하나 둘씩 거실로 나르고 방안에 꽉 차 있던 것들을 밖으로 내쫓으니 방이 텅 비어졌다. 목소리가 메아리처럼 울렸다. 그 모습은 처음 이사 왔을 때 본 후로는 처음 보는 거였으니 그것도 아주 오래 전이었다. 붙어 있던 벽지를 한 겹 한 겹 떼어내고 바닥까지 다 떼어내니 폐가의 형상이 보였다. 그리고 친구들이 올 시간까지 많이 남아서 한 장 붙여 본다는 게 절반을 넘게 벽지를 발라버렸다. 친구들이 오고 나서도 크게 도와줄 일이 크게 없어서 친구들은 옆에서 이상한 춤을 추면서 응원해주는 거라고 하고 있었다. 한 나절이 지나고 나니 폐가는 새로운 색이 입혀져 있었다.

친구들은 가구 옮기는 걸 도와줬다. 다 해놓고 둘러보니 나쁘지 않았다. 내가 걱정했던 만큼 실수도, 망하지도 않았다. 친구들도 내 실력이 좋다고 해주었다. 도와준 친구들에게 고기를 사주고 다시 집에 와서는 침대에 풀썩 누웠다.

'항상 나쁘지 않았는데.'

생각해 보니 내가 책임을 지게 된 일들은 대부분 내 걱정보다 잘 풀렸고 오히려 결과가 좋은 일도 많았다. 그렇게 생각하니 두려움에 하지 못한 일들이 아쉬웠고 나에게 미안했다.

앞으로는 내게 좀 더 많은 것을 시켜 주고 싶었다. 하고 싶은 건 꼭 다 해보라고, 너무 겁내지 말라고.

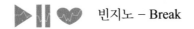 빈지노 – Break

자존감이 낮은 사람으로 살아가는 것

"야 비켜."

친구들과 복도를 거닐던 내게, 셋 중에 굳이 나에게만 그 남자애는 퉁명스럽게 말하였다. 하지만 내가 비킬 생각이 없는 모습을 보여주자 그 애는 화가 났던 것 같다. "넌 왜 교복 사 입냐? 교복 살 돈으로 면상이나 좀 고치지.", "졸업하고 나면 교복 팔아서 성형이나 좀 해라."라고 말하며 그 애는 나를 치며 나와 친구들 사이를 비집으며 지나쳤다.

그날 집에 가서는 도무지 잠을 이룰 수가 없었다. 거울 속에 보이는 15년을 봐오던 내 얼굴을 차마 볼 수가 없었다. '혐오스럽다' 딱 그런 생각이 들었다. 그리고 그때 아무 말도 하지 않았던 친구들이, 가만히 있다가 웃던 친구들이 밉다는 생각이 들었고, 제일 싫었던 건 역시 가만히 있었던 나 자신이었다. '너는 그 말을 듣고 화나지도 않아? 니가 그런 식으로 가만히 있으니까 사람들한테 무시당하고 밉보이는 거야. 사실은 걔가 그렇게 말하지 않아도 다들 널 못 생겼다고 생각할 거야.' 다음날에도 학교에 갔지만 누군가에게 미움을 사고 싶지 않았던 15살의 나는 그냥 마음속에 묻어두기로 했다.

그 애와 싸우는 일이 잦았다. 그때마다 외모나 신체적인 특징으로 항상 나를 헐뜯었다. 나는 아무리 싸워도, 싸워도 이길 수가 없었다. 결국, 그냥 맞고 있거나 욕을 가만히 듣고 있기로 했다. 그러면서 나는 점차 나를 지워가게 되었다. 내가 좋아하는 것보다는 타자의 시선에서 눈에 띄지 않기 위해서 어떻게 할지 궁리만 했다. 내가 좋아하는 옷을 입을 수도, 내 의견을 말할 수도 없었다. 왜냐하면, 그러면 분명 사람들은 나를 욕할 테니까.

내 세상은 좁아가고 더 좁아갔다. 물론 좋은 친구들도 있어서 이따금 위로를 받을 수도 있었다. 하지만 항상 문제가 생기면 그건 나의 탓이었고, 내가 사랑하는 사람들에게 문제가 생긴다면 그것 역시 나의 탓이었다. 그렇게 나를 지워가며 하루하루를 보내다가 결국 나는 나를 되찾지 못하고 중학교를 졸업해야만 했다.

고등학교에 오기 전 매일 방 안에서 혼자 시간을 보냈다. 내 침대는 딱 내 크기만큼의 세상이었다. 여기서는 아무도 나를 욕하지도 말을 걸지도 않았다. 차라리 그 편이 내게는 안락했다. 고등학교에 가는 것은 무서웠다. 부모님에게 검정고시를 치면 안 되겠냐고 여쭸을 때는 그래도 학교를 다니는 게 어떠냐고 하셨다. 내가 너무 걱정을 많이 했던 게 도움이 된 것이었을까? 학교는 내 생각보다는 괜찮았다. 내 단짝 친구인 민채와 다시 같은 학교를 다니게 될 수 있었고 새 친구들은 재밌고 편했다.

하지만 나는 정말 중요한 하나를 항상 외면하고 있었다. 그건 내 자신에게 "괜찮아? 많이 힘들었지? 니 잘못이 아니야."라고 건네주는 것이었다. 그러기까지는 정말 오랜 시간이 걸렸다. 내가 외면하고 있던 나는 많이 아파하고 있었다. 부당한 일, 상처 주는 사람, 대답할 가치가 없는 말들에 대해서 항상 혼자 짐을 짊어가려고 애쓰고 있었다. 그래서 너무 미안했다. 어느새 내게 상처를 줬던 행동을 내가 나에게 하고 있었다. 몇 년 동안 외면한 상처는 상처를 받은 시간보다 2배, 3배 아니 훨씬 더 오래 갈 수도 평생 남을 수도 있다.

그래서 지금이라도 잘 해주고 싶고, 잘 버텨왔다고, 고맙다고 해주고 싶다.

 검정 치마 – Everything

나의 사랑하는 생활 (p.s. 피천득)

세상에는 내가 사랑하는 것들이 참 많다. 내게 제일 먼저 사랑을 알려준 것은 우리 엄마였다. 엄마는 내게 모든 걸 처음으로 가르쳐 준 선생님이었다. 엄마가 내게 숫자를 가르쳐 준다며 과일 하나하나를 그리고 내게 공주님을 그려주던 게 좋았다. 우리 엄마는 그림을 참 잘 그리셨다. 나와 오빠를 낳게 되며 할 수 없게 되었지만 나는 엄마가 그림을 그려주던 때가 참 좋았다. 밤에 엄마를 꼬옥 안고 함께 침대에 누우면 축축하고 좋은 냄새가 나서 하루종일 맡고만 싶었다.

나는 엄마가 책을 읽는 것을 보고 따라 읽기 시작했다. 글은 내게 새로운 세상을 보여주었다. 글이 좋은 점은 나는 그저 어린 여자아이였지만 나는 글 속에서 탐정이 될 수도 화가가 될 수도 뭐든지 될 수 있었기 때문이다.

내가 하나 사랑하지 않았던 것은 병원이다. 다른 아이들은 병원에서 주사를 맞기 무서워서 울었지만 나는 다른 이유로 울었다. 엄마는 몸이 자주 아팠고 오빠도 날 때부터 자주 아파 나는 병문안을 자주 갔다. 병원이 우리 가족을 삼켜 버린 것 같아서 나는 참 미웠다. 그 알싸한 소독약이 싫었고 무기력하게 수액을 맞으며 누워 있는 엄마의 모습도 싫었다. 그래서 나는 커서는 병원에 오지 않게 해달라고 항상 밤마다 기도했다.

그런 내가 이제 커서는 병원에 가고 싶어한다. 엄마와 오빠 같이 아픈 사람들을 도와주고 싶어서이다. 아픈 사람들은 항상 넘치는데 돌봐줄 사람은 항상 부족하다고 들었기 때문이다. 어디에서든 내 도움이 필요한 사람이 많다는 걸 깨달았다.

우리 가족들을 돌봐주었던 의사 선생님, 간호사 선생님처럼 되어 엄마를 지켜주지 못했던 것을 떠올리며 다른 사람들을 돌봐주고 싶다.

고등학교 졸업

얼마 전 드디어 정시 결과가 발표났다. 다른 친구들은 훨씬 전에 수시 결과를 통보받고 자유의 몸이 되었는데, 나는 정시를 택해서 수능이 끝나고 기쁜 듯하면서도 약간의 불안감을 가지고 있었는데 결과가 발표난 것이다. 나는 가군의, 내가 제일 간절히 바라던 대학에 붙었다. 이 정도의 결과라면 이때까지의 걱정이나 노력이 아깝지 않았다.

내가 공부로 불안해서 시험 전 울 때, 어떤 성적이든 나를 응원해 주시겠다는 아빠는 누구보다도 나의 합격에 기뻐하셔서는 아빠 친구분들을 만나 내 자랑을 하고 다니셨다. 그렇게 나는 가뿐한 마음으로 졸업식에 갈 수 있게 되었다. 고2 때만 해도 머리가 똑 단발이었는데 어느새 거울을 보니 머리가 자르기 전처럼 다시 길어져 있었다.

졸업식이니 예쁘게 보이고 싶어서 아침부터 고데기도 열심히 하고 화장도 했다. 그리고 내 3년을 함께한 교복을 마지막으로 입고 민채를 만나 함께 학교에 갔다. 아, 그리고 민채는 원하던 수의대에 합격했다. 중학생 때처럼 다른 학교로 가 떨어져야 한다는 걸 생각하니 아쉬웠지만 우리는 항상 떨어져 있어도 누구보다 친했다. 학교에 들어가서는 친구들과 인사했다. 어제도 만났는데 오늘은 왜 이리 더 반가운지 모르겠다. 예전엔 왠지 이 학교에 평생 갇혀 살 것만 같았는데 그것도 아니었다. 내 합격 소식을 들은 많은 아이들이 놀랐다. 3년 전 여기서 치렀던 입학식은 아주 길게 느껴졌는데 졸업식은 왜 이리 짧게 느껴지는지 모르겠다.

담임 선생님께 감사 인사를 드리고 친구들과 사진을 찍었다. 다들 언제 이렇게 컸는지 모르겠는데 벌써 진짜 어른 같다. 졸업식을 나와서는 민채와 친구들과 1차로 점심을 먹고 낮술을 약간 했다. 그러고는 각자 반 친구를 만나러 가기로 하고 헤어져서 최여정, 이경민, 홍채은, 조수진을 만나서 밤새 달리기로 했다.

　술을 마시면서 우리 1학년 때 얘기를 했다. 그때는 정말 뭐가 될지 몰랐다고. 그런데 다들 이렇게 대학에 합격해서는 술을 마시고 있다고. 최여정은 술을 마시다 화장실에서 잠들었고, 술 취한 이경민과 홍채은이 오늘도 욕을 하며 쥐 뜯고 싸우고 있었다. 조수진은 음담패설을 내뱉으며 울고 있었다. 놀다가 차가 끊긴 우리는 어른의 권위를 발휘해 모텔을 잡아 거기서 밤새도록 마시고 울고 토했다. 아침이 되니까 거지 같은 몰골을 한 애들이 하나 둘 깨어나기 시작했다. 우리는 주섬주섬 정리를 하고 택시를 잡아 집에 갔다.

　집에 오니 이제는 우리 집도 내 방마저도 낯설어 보인다. 이제 내가 떠날 때가 된 걸 이 방도 아는 것 같다.

시작하는 서울

입학 수속을 마친 나와 최여정은 같이 살 자취방을 알아보러 서울에 갔다. 우리는 혹시 모를 상황을 대비해 기숙사에 신청해 둔 상태였지만 꼭 자취를 하고 말리라는 욕망을 품었다.

여정이는 내 고2, 고3 동안 정말로 많은 도움을 준 친구다. 여정이가 없었다면 서울에 가는 것은 포기했을지도 모른다. 꼭 함께 서울에 가자는 여정이의 말에 나도 갈 수 있다는 확신을 가지게 되었기 때문이다. 우리는 더 좋은 집을 위해 수능이 끝나자마자 아르바이트를 해 보증금을 모으고 부모님의 도움도 조금 받았다.

여정이와 나는 대학은 다르지만 거리가 크게 멀지 않기 때문에 더 쉽게 집을 구할 수 있었다. 우리는 어제 미리 전화해서 알아본 방을 보러 부동산 이곳저곳을 옮겨 다녔다. 변기는 깨끗한지, 샤워기 수압은 센지, 햇빛은 잘 드는지, 교통편은 좋은지 등을 꼼꼼히 살폈다. 다 따지려니까 우리가 구할 수 있는 집이 없어져서 우리는 수압을 조금 포기했다. 대신 주변 교통이나 편의시설이 좋아서 만족스러웠다.

계약을 하고는 이태원에 가서 놀았다. 둘 다 춤을 못 춰서 클럽은 안 갔지만 나름 재미있게 놀고는 기차를 타고 다시 대구로 왔다. 집을 구하고 와서 그런지 기분이 유난히 좋았다. 예전에 고2 때 내가 "나 작년에 너무 안 좋은 일만 있었던 것 같아."라고 했는데 여정이가 그날은 좋은 일이 많이 생기는 걸 보고 "그럼 이제부터는 잘 풀려서 좋은 일만 있으려나 보다."라고 말해 주었다.

정말이었던 걸까? 그때부터 좋은 일들이 많이 생기기 시작했다. 최여정에게 문득 고맙다고 얘기하자 걔는 왜인지 몰라서 고개를 까딱거렸다. 집에 와서 아빠에게 얘기를 드리고 다음날 아침부터 짐을 싸기 시작했다. 아빠가 그 모습을 보고 눈물을 글썽이셔서 내가 달래주었다.

 혁오 – 공드리

카페와 맥북

ggul bbang
laundromat
pub

대학 입학을 하고 2주가 지났다.

서울의 복잡한 지하철도 그렇고 대학교에서의 수업, 새로운 동기들과 친해지는 것 전부 이제 겨우 자리를 잡고 있다. 피곤하지만 나쁘지 않다. 기분 좋은 피곤함이다. 집에 와서 폰을 켜 보니 승인이에게 문자가 와 있었다. 내일 만나는 거 무척 기대하고 있다는 얘기였다. 귀여워서 웃음이 나왔다.

승인이가 고등학교 1학년 때 주었던 편지에 '우리 꼭 인서울 해서 한강에서 치킨 먹자'는 내용이 기억났다. 중학교를 졸업하고 많이 만나지는 못했지만 우리는 1년에 3~4번씩은 꼭 만났다. 물론 고3 때는 수능 전 겨울방학 때 1번 만나고는 수능이 끝나고서야 다시 만날 수 있었지만 우리는 주고받았던 편지의 내용처럼 될 수 있었다. 홍대에서 승인이를 만나 먼저 닭갈비를 먹었다. 우리는 꼭 그 해에 처음 만날 때는 만나자마자 닭갈비를 먹으러 간다. 대학에 들어가고 피곤한지 약간 수척해 보이기도 했지만 성격은 여전했다.

우리는 대학에 대해서 끊임없이 얘기했다. 동기들은 어떤지 수업은 어떤지⋯ 서로 너무 신나서 말이 끊길 새도 없이 얘기했다. 그리고 홍대에서 열린 전시도 보고 독립서점도 구경갔다. 저녁에는 한강에 가서 돗자리를 펴고는 술판을 벌였다. 승인이가 술에 취해서 한강에 뛰어들려 해서 말리느라 힘들었다. 그러고는 승인이의 자취방에 가서 같이 음주가무를 즐기다가 거실 바닥에 누워 잠들었다.

오늘도 산송장 같은 상태로 깨어난 우리는 순두부찌개로 해장을 하러 갔다. 숙취는 괴로웠지만 순두부 찌개는 맛있었다. 승인이의 배웅을 받으며 버스를 타고 집으로 향했다. 자취방에 와서는 여정이와 과제를 하러 맥북과 전공 서적을 챙겨 집 근처에 카페에 갔다.

 소규모 아카시아 밴드 – 순간

삶의 중턱에서

내일은 나의 50번째 생일이다. 이젠 앞자리가 바뀌는 것쯤이야 익숙한 일이다. 잠이 오지 않아 칭얼대는 아이들에게 책 한 권을 읽어주니 드디어 혼자만의 시간이 왔다. 딸과 아들에게 영상 통화로 미리 생일을 축하받았다. 비록 몸은 떨어져 있으나 잘 지내는 것 같아 한결 마음이 놓였다.

입양 가족이라는 이름으로 조금 힘든 시기도 있었지만 우리 가족은 서로에게 무한의 사랑을 주고 있다. 지금 이 시설에서 지내고 있는 아이들도 내 자식이라 할 수 있다.

나는 지금 라오스에 있다. 대학 병원의 간호사에서 은퇴한 후에는 봉사를 지원해 여러 나라를 돌며 아픈 아이들을 치료해 주고 있다. 간호사를 하며 힘든 일이 참 많았다. 처음에는 몸이 힘들었지만 그 후에는 마음이 힘든 적이 더 많았다. 아픈 사람들이 밤마다 잠 못 들며 고통스러워할 때, 함께 힘내며 버텼지만 결국 하늘로 떠난 사람들을 볼 때마다 내가 계속 간호사를 할 수 있을까 심히 고민됐지만 그래도 사람들을 도와주는 게 좋았다. 내가 아니면 아무도 하지 못 할 일이었다.

50. 나는 아직 젊은 나이라고 생각한다. 아직 살아가야 할 날이 내가 살아왔던 날과 맞먹으니 말이다. 엄마가 지금 나보다 젊을 때 돌아가셨으니 지금 내 모습은 내가 기억하는 엄마보다 늙어 있다. 언젠가 내가 죽게 됐을 때, 엄마를 다시 만나게 된다면 부끄럼 없게 살고 싶다.

그래서 나는 세상의 많은 이들에게 내 사랑을 베풀고 싶다. 라오스의 아이들도 건강하게 자라줬음 하는 것이 올해 내 생일의 소원이다.

20줄

내 손목에는 20개의 줄이 나란하게 그어져 있다. 2학년이 되면서 애들이 뭐냐고 자주 묻기도 하고 만지기도 한다.(이 글을 쓴 계기도 물어보는 애들이 많아서이다.)

처음에는 어떻게 대답해야 할지 몰라 당황하기도 하고 속상하기도 했다. 하지만 지금은 익숙해지기도 했고 이 흉터도 나의 일부분이라고 받아들이면서 별로 부끄럽지 않다. 그리고 이런 일을 겪으면서 내가 많이 힘들고 아프기도 했지만 나를 알게 되고 매사에 긍정적이고 단단하게 자란 것 같아서 기쁘기도 하다.

앞의 글에서 많이 얘기했듯이 나는 중학교 1-2학년 때 외모로 인한 상처를 많이 받고 자존감이 푹 떨어지기 시작했다. 성격도 더더욱 소심해지고 매사에 무기력하게 변해갔다. 그래도 중학교 3학년 때 반에서 실장을 하기도 하고, 같은 반 친구였던 승인이 덕분에 조금씩 밝아져갔다.

하지만 그때의 상처가 너무 컸던 것일까 완전히 어렸을 때처럼 밝아지는 것이란 쉽지 않았다. 그렇게 고등학교에 올라갔는데 지금의 친구들을 만나게 되었다. 이렇게 미친 인간들을 여럿 만나기도 쉽지 않은데 신기했다.

나는 그들과 나누는 음담패설이 너무 재밌었고 인생을 즐길 줄 아는 내 친구들이 좋았다. 다시 성격이 많이 밝아졌다. 그럼에도 친구들은 내 자존감이 너무 낮다고 항상 말했다. 하루하루 학교에 나가는 게 재밌었다. 수업은 지루했지만 노는 건 즐거웠다.

그러던 7월 여름, 내 인생을 바꾼 날이었다. 엄마가 사고로 돌아가셨다. 엄마를 다시 만난 건 우리 집이 아닌 대학병원의 중환자실이었다. 그렇게 한 마디도 전하지 못하고 엄마를 보내줘야 했다. 아빠와 함께 엄마의 장기를 기증하기로 결정해서 정말 엄마를 10분도 채 보지 못하고 보내주게 되었다. 다른 애들이 중간고사를 치고 있을 무렵 나는 처음으로 상복을 입고 장례식을 치렀다.

그 후로는 어떻게 지냈는지 잘 기억이 안 난다. 사고 이후로 나는 한 가지 버릇 같은 게 생겼는데 내 친구나 가족이 갑자기 죽어버리는 상상이 즐겁게 놀 때조차도 떠올랐다.(그런데 지금은 사라졌다.) 나는 많이 혼란스러웠다. 나는 앞으로 어떻게 살아야 하지? 내가 이렇게 살고 있는 게 맞는 걸까? 죽고 싶은 건 아니었지만 단지 손목을 그을 때만큼은 괴로운 생각을 하지 않을 수 있었다. 손목을 긋는 습관은 2학년이 되기 전 겨울까지 계속되었다. 새 학년에 올라간다는 생각에 겨울방학과 봄 방학을 설쳤지만 더 이상 손목을 긋지 않게 되었다.

그렇게 2학년이 되었고 나는 내 걱정보다 잘 지내게 되었다. 새 친구들과 수학여행을 가서 즐겁게 놀다 보니 방학동안 생긴 흉터들이 더 이상 신경 쓰이지 않게 되었다. 무엇보다 최여정과 홍채은이 같이 하교하며 내 얘기를 들어주던 것이, 정말 별거 아닌 것일지 몰라도 나에게는 정말로 위로

가 되었다. 또 "나는 나로 살기로 했다"를 읽고서 내가 나를 미워하는 것이 얼마나 큰 문제인지 인식하기 시작했다.

　나는 지금도 내가 많이 나아지고 있다는 걸 느낀다. 매일 즐거울 수는 없지만, 오늘은 어제보다 즐겁고 내일은 오늘보다 즐겁기를. 나는 바란다. 이제는 내가 남긴 흉터들이 원망스럽지 않다. 이 흉터들이 앞으로 내가 살아갈 날들이 더, 더 행복할 거라는 걸 보여주는 것만 같다.

　나는 정말 잘 살고 있다.

▶❚❚ 🖤　　빈지노 – if I die tomorrow

▶❚❚ 🖤　　안녕의 온도 – 겨울로 가기 위해 사는 밤

후기

글을 쓰기 시작했을 때가 3월 학기 초였는데 벌써 시간이 지나 어느덧 여름방학이 4주 채 남지 않게 되었다. 시간이 이렇게만 흐른다면 어른이 되는 것도 금방일 것이라 생각한다. 글을 쓰면서 어릴 적의 일들, 잊고 살았던 기억들을 조각조각 모아보게 되었다. 그 조각은 나를 아프게 베었던 적도 있지만 나를 기쁘게 만들어 주었던 게 좀 더 많았다.

정신없이 살다 보니 이제 10대의 문턱에 와 있다. 그 문턱에는 누구보다도 우리 엄마, 아빠가 있고 그 옆에는 민채가 나란히 서 있다. 민채가 없었더라면 나는 참 재미없고 추억 없는 사람이 됐을 것이다. 그런 점에서 항상 민채에게 고맙고 더 잘 해주고 싶다.

그 다음으로는 엄마에게 감사 인사를 적고 싶다. 곧 있으면 엄마의 기일이다. 내가 우는 날이면 엄마가 많이 걱정했던 게 기억이 나고, 아침마다 이상한 춤을 추면서 나를 배웅해 주던 게, 장난을 치던 모습이, 가끔씩 한 침대에서 자던 게 아직도 기억에 선하다. 만약 그날 내가 엄마와 함께 있었더라면 사고가 나지 않았을까? 엄마가 아직도 내 옆에 있을 수 있었을까? 가끔씩 이런 무의미한 생각을 한다.

하지만 이런 생각보다는 엄마가 살지 못한 만큼 내가 더 즐겁게 살아가야겠다고 생각하는 게 엄마가 더 기뻐하실 것이라는 걸 난 알고 있다. 나를 낳아주고 내 모든 걸 이루게 해준 엄마에게 감사하다. 그리고 너무 보고 싶고 앞으로도 보고 싶을 것이다.

1학년 12반에서 친해진 친구들에게도 고맙다고 해야겠다. 나를 항상 지루하지 않게 해줘서 고맙고 내가 화 많이 내도 사실은 너네 아끼는 거 알아줬으면 좋겠다.

그리고

이 글을 읽는 사람들, 내 가족, 친구, 선생님들 모두 잘 되면 좋겠다. 좋은 일이 많이 생기기를, 길을 걸으며 길가에 핀 꽃을 많이 볼 수 있기를, 잠자리에 누워 편한 마음으로 잠들 수 있기를 바란다.

p.s. Si vales bene est, eog valeo.

당신이 잘 계신다면 잘 되었네요, 저는 잘 지냅니다.

Si vales bene, valeo.

당신이 잘 있으면 저도 잘 있습니다.

엄마가 자주 부르던 노래

:김윤아 - 봄날은 간다

교실의 든해들은
어느 지평선으로 사라질까

WRITING / PHOTO. 최 예 린

최 예 린

나는 든해이다.

우리들은 든해이다.

우리는 프리즘을 통과해 무지개색 길로

각자의 길을 걸을 햇빛이다.

*든해: 집안으로 가득 든 햇빛

나를 만든 시간: 미술학원

200X - 201X

뜨거운 대구의 여름과 함께 찾아온 길고 긴 여름방학, 그리고 이 더운 날씨에 방안에서 불을 끄고 늦잠을 잘 수 있는 그런 여유가 있던 시절에, 나는 미술학원에 다니고 있었다. 찍찍이 샌들을 신고 집을 나서서, 건물을 따라 난 검은 안전지대를 통해 가벼운 발걸음으로 미술학원 앞에 도착한다. 머리가 타서 꼬불꼬불 말려버릴지도 모른다는 생각이 들 때쯤, 학원 계단에 들어서면 기분 좋은 시원한 공기와 2층 미술학원 문 안에서 새어나오는 이야기 소리에 벌써 가슴이 설레기 시작한다.

'선생님께서 오늘은 무슨 반찬을 싸 오셨을까.'
'오늘 그림 주제는 뭘까? 자유화 그리고 싶다.'

계단에 붙여진 발바닥 모양 스티커에 발을 맞춰 경쾌하게 위로 올라가 초등학생에게는 약간 버거운 하얀색 문을 힘껏 밀고 들어간다.

"선생님, 안녕하세요!"

이것이 나의 초등학생 시절이었다. 거의 모든 것이었고 아직도 나에게 기분 좋은 바람을 가져다주는 추억이다.

7살 때부터 12살 때까지 다녔던 미술학원을 그만둔 건 영어학원을 다니기 위해서였다. 친구들과 밖에서 뛰노는 시간을 빼앗기고 있다고 생각할 때쯤이었기에 붓을 놓고 남의 나라 언어를 배우러 가는 것은 지독히 끔찍한 일이었다. 그때 그곳은 어린 시절의 나에게 단순한 미술학원 그 이상의 의미를 가지고 있었다. 그림을 그리는 것은 물론이고, 6년의 시간을 보여주는 듯 잊을 만하면 만들었던 종이접기 달력, 친구들과 학원 놀이방에서 아무 걱정 없이 행복하고 즐겁던 시간, 무더운 여름에 에어컨 바람 밑에서 먹었던 시원하고 달콤한 빙수의 기억이 지금의 나를 하나하나 이루고 있다.

어쩌면, 미술학원에 그런 좋은 기억을 가지고 있는 나로서는 미술 쪽으로 장래 희망을 가지게 된 것이 당연했다. 중학교 내내 내 꿈은 웹툰작가였고, 고민을 많이 했지만, 어쨌든 내가 미술이 아니면 뭘 먹고 살까 싶었다. 그렇게 처음으로 내 용돈 거금 4만 원으로 태블릿을 사서 블로그에 그림도 올리고 실력이 느는 걸 보면서 행복해했었는데, 블로그는 양날의 검이었다. 내 실력을 올려주었지만, 이 좁은 네이버 블로그 서비스에! 그것도 내가 아는 사람들만 해도 날고 기는 사람들이 너무 많다는 걸 깨닫게 되었다. 고등학교에 진학하면서 그림은 취미로 그리라거나 성적이 아깝지 않냐는 주변의 목소리에 앞만 보고 달리다 보니 미술에 대한 열정도 많이 없어져 버렸다.

그렇다고 미술에 그 많은 시간과 노력을 쏟은 것을 후회하지는 않는다. 오히려 솔직히 말하면 많이 아쉽다. 그때 좀 더 밀어붙이지 못한 것이. 그래도 미래에는 다양한 직업을 가지게 될 테니까. 그 직업들 중 어떤 일은 나를 만든 과거의 그 시간들과 어울려 나를 행복하고 즐겁게 해주지 않을까… 그런 기대를 한다.

　"어디에서 무슨 일을 하고 계실지 모르지만,
　미술학원 선생님께 정말 감사하다고, 어린 시절의 추억이 너무 소중하다고 말씀드리고 싶습니다!"

나를 알아주는 친구는 아빠야!

나는 어릴 때부터 갖고 싶은 것과 하고 싶은 것이 정말 많았다. 집에서 가만히 앉아 게임하는 것도 좋아했고, 종이와 연필 하나만 있으면 몇 시간을 즐겁게 보내는 것도 가능했지만, 몸이 근질거려서 가만히 있을 수 없을 때면 그때부턴 아빠가 내 먹잇감이다.

나는 얼굴도 그렇고, 소심한 성격에 운동 좋아하고, 욕심 많은 게 완전히 아빠랑 똑같다. 그에 반해 오빠는 좀 춥거나 더우면 밖에 나가지 않는다. 쾌적한 방에서 편안한 삶을 추구하는데 이런 면에선 엄마랑 성격이 판박이다. 즉, 아빠와 나는 "바람 쐬러 갈래?"라고 물으면 항상 "그래, 나가자!"라고 하는 편이었고 엄마와 오빠는 열에 여덟 번은 "추운데 귀찮아. 밖에 엄청 더운데."라고 하는 편이었다. 그렇기에 항상 나의 근질거림을 해소시켜 줄 수 있는 건 아빠였다. 나는 주말이면 훤한 대낮부터 집에 누워서 쉬고 있는 아빠를 흔들어 깨워서 많이 괴롭혔었다. 그러면 결국 아빠는 졌다는 듯 일어나서 함께 공원에 가줬다. 그러곤 또 언제 그랬냐는 듯 최선을 다해 배드민턴도 못 치는 꼬맹이랑 또 즐거운 한때를 보냈다. 물론 그때도 지금도 그 낮잠시간이 아빠에게 꿈같이 달콤한 시간이라는 걸 알고 있지만, 그때 잠을 자던 아빠를 깨우던 어린 때로 돌아간다 해도 똑같이 할 것 같다.

사실 말은 이렇게 번지르르하게 하지만, 어릴 때부터 막상 배드민턴을 치려고 네트 건너 아빠와 마주 보면 왠지 모르게 계속 웃음이 나서 제대로 친 적이 단 한 번도 없었다. 아직도 왜 그랬는지는 모르지만, 웃으며 비틀 거리느라고 배드민턴 채를 많이 긁어먹기도 하고 아빠가 취권쓰기 있냐면서 놀리던 것들이 모두 추억으로 남아 있다. 내가 고등학생이 되었을 때부터 나는 뒤를 돌아보면 씁쓸한 기분이 들어 느릿느릿 앞으로 나아가고 있었고, 서로가 바빠서 아빠와 배드민턴을 치거나 농구를 하는 일은 많이 줄

어들었다. 잠깐 보드에 꽂힌 적이 있어서 아빠를 졸라 크루저 보드를 산 적은 있었지만, 거친 여름과 겨울, 시간들을 핑계로 점점 손을 놓게 되었다. 그리고 가끔 나가 운동을 하더라도 아빠가 예전같이 튼튼하고 단단한 모습을 잃어가는 것 같아 같이 보내는 시간이 즐겁기도 했지만, 슬픈 마음이 어느 한구석에서부터 점점 커져가게 되었다.

물론 그럼에도 아빠는 여전히 나의 좋은 친구였다. 하루는 무작정 친구 집에서 기타를 빌려와서 아빠한테 기타를 쳐달라고 한 적이 있었다. 어릴 때부터

"아빠가 옛날에는 대학교 가요제에 기타 하나 들고 나가서 혼자 대상까지 탔었는데…."

이런 자랑하는 이야기를 귀에 딱지 앉도록 들었기 때문이었다. 나는 그냥 호기심에 기타를 들고 온 것이었는데, 아빠는 인터넷에서 기타 악보를 찾아 조그마한 스마트폰 화면을 보고 약간은 버벅거렸지만, 최선을 다해 기타를 치면서 노래를 불러 주었다. 딸을 이기지 못하는 아빠는 정말 멋진 것 같다.

나랑 제일 친한 친구는 엄마야!

우리 엄마는 내가 참 좋아하는 친구 중 한 명이다. 내가 유치원생이었을 때 엄마는 일하느라 바빴기 때문에 나는 주로 친구들과 집이나 미술학원에서 놀거나, 할머니와 시장에 다녀왔었다. 많은 시간을 같이 보내지는 못했지만, 나한테는 항상 다정하게 웃어주는 따뜻한 엄마였다. 그러다 내가 우리 엄마와 더 끈끈한 사이가 된 건 내가 본격적으로 공부를 시작하면서였다.

내가 한창 공부하기 힘들어했던 시기에 나에게 힘을 주고 앞으로 나아가도록 원동력이 되어준 것은 부모님이었다. 엄마는 내가 영어 학원 수업내용이 어려워져서 힘들어할 때 묵묵히 그냥 내가 하는 말을 들어주었다. 정말 그냥 그랬다. 제대로 듣고 있는지 궁금할 정도로 옅게 웃으며 가만히 있다가 간간이 위로를 해줬지만, 그래도 어린애가 힘들 때 투덜투덜 얘기할 만한 사람이 있다는 것 자체가 괜찮은 일이었다. 그러다가 하루는 학원을 마치고 집으로 돌아가는 차 안에서 영어가 너무 어렵다고, 왜 해야 하는지 모르겠다며 엄마한테 온갖 투정을 부렸다. 엄마는 조용히 듣고 있다가, "그러면 그냥 영어 학원 다니지 마~"라고 툭- 한마디 하셨다. 그렇지만 그건 나한테 짜증을 내는 말투가 아니라 정말 힘들면 그만하라는 진심이 느껴지는 말투였다. 평소에 엄마가 정색하고 얘기하는 걸 본 적이 없었기 때문에 진심이 담긴 그 한마디에 더 이상 어떤 말도 할 수 없었다. 생각해 보면, 학원은 내가 공부하려고 다니는 건데, 그렇게 스트레스 받으면서- 스트레스 주면서 계속 다닐 필요가 있나 싶기도 하고, 엄마한테 미안하기도 했기에 그 뒤론 묵묵히, 그리고 열심히 학원을 다녔다.

그렇다고 그때부터 갑자기 영어가 쉬워지거나, 힘들지 않았던 것은 아니었다. 학원 마친 뒤 지친 몸과 마음을 이끌고 차에 올라타면, 가끔은 그런 날이 있었다. 엄마와 나, 둘만의 데이트! 엄마는 타이밍을 아주 잘 알았다. 그 타이밍에 엄마는 항상 "뭐 먹고 싶은 거 있어?" 스킬을 시작했다. 그럼 보통 우리는 분식집에 가서 고칼로리의 매콤달콤한 떡볶이와 튀김, 납작만두를 먹으며 행복한 시간을 보냈다. 그렇게 보낸 시간이 이젠 쌓이고 쌓여서 스트레스를 한방에 풀어주는 하나의 방법으로 자리잡았다.

그런데 사실 나한테 가장 큰 영향을 줬던 건 그냥 평소에 부모님이 나에게 하는 말이나 행동들이었다. 사랑받고 있음을 느낄 때, 가령 시험 기간에 떡이 진 머리로 어둑한 방에서 스탠드에 불을 켜놓고 공부하고 있으면 조용히 와서 어깨를 주물러주며 "뭐, 먹을래? 먹고 싶은 거 있어?" 하고 물어본다던가(설렘), 목욕탕에 가면 비누 거품을 내어 무심한 듯 마사지를 해준다던가(엄마 손은 정말 약손인 것 같다.), 그냥 평소에 그런 것들을 하나하나 떠올려보면 정말 고맙고 행복하다는 생각이 든다. 아마 그런 것들이 모여서 중학교 때의 나를 열심히 살게 했을 것이다. 요즘 들어, 먹여 살린다는 것의 무게를 조금 실감하고 있다. 내가 나중에 누군가의 보호자가 되면 잘 해낼 수 있을지. 자신이 서지 않는다.

돌아갈 수 없는 곳, 그때

나의 10대는, 나의 대구는 이런 곳이었다고 얘기해 주고 싶다

며칠 전에 찜해 놓았던 책들을 잔뜩 사고는 책장에 빈자리가 없다는 걸 깨닫고 책장 정리를 시작했다. 중학교 3학년 때 독서 늦바람이 불어서 갑자기 사 모으기 시작했던 책들이 이제는 방 하나를 차지하고 있었다. 그렇게 책장을 둘러보던 중 사람의 손길이 잘 닿지 않는 곳에 숨어 있던 먼지 케케묵은 나의 졸업앨범들을 발견했다. 오랜만에 보는 빳빳하고 반짝이는 컬러 용지. 그리운 얼굴들을 뒤로한 채 한 장 한 장 소중하게 넘기다 보니 우리 집 조명에 빛을 받아 눈을 반짝이는 한 아이를 마주했다. 숏 컷에 안경을 끼고 세상 걱정 없어 보이는 해맑은 미소를 마주하고 있자니 옛날 생각이 났다.

초등학교를 다니던 때에 나는 그저 '선 머스마'였다. 낯을 가리던 조용한 여자아이는 9살에 머리를 짧게 자른 뒤로 물 만난 물고기처럼 잠재되어 있던 흥이 폭발해 항상 남자아이들과 어울려 다녔다. 학교 점심시간이나 방과 후에는 항상 축구 한 판씩 뛰어야 하루를 잘 보낸 것 같았고(영어 학원을 다니기 시작했을 때 축구를 할 시간이 없다는 점이 너무 실망스러웠다), 친구가 돈을 대준다며 PC방에 같이 가자고 하면 마냥 좋다고 "콜!"을 외쳐댔다. 그리고 이건 딱 그맘때의 일이었다. 나는 이 일이 있고 그 뒤로 신발을 꺾어 신지 않는다.

그때 그곳은 쌀쌀한 가을바람이 부는 방과 후의 텅 빈 운동장이었다. 대부분의 아이들은 집으로 돌아가고, 축구를 하고 있는 몇몇 아이들의 아우성만 들리는 그런 평화로운 운동장이었다.

나는 양치기 개마냥 달아나는 공을 열심히 쫓고 있는 중이었고, 내 눈 앞에는 공을 몰고 있는 상대팀 공격수와 벼랑 끝에 몰린 우리 팀의 광활한 골

대가 보였다. 내가 죽어라 뛴들 한참 앞으로 멀어져가는 적수를, 뒤에 있는 내가 어찌할 수 있겠는가. 그냥 열심히 따라 뛰다가 그 녀석이 강한 슛을 날리자마자 나는 제발 우리 팀 골키퍼가 저 공을 막아주기를 기도하며 정면을 뚫어지게 응시하고 있었다. 그런데 그때 상대팀 공격수의 발에서 빠른 속도로 달아나고 있던 것은 축구공뿐만이 아니었다. 축구공의 궤도에서 점점 멀어지던 또 다른 큰 덩어리의 검은 물체, 뒤쫓아가던 내가 그게 무엇인지 알기까지는 별로 오래 걸리지 않았다. 왜냐하면 그 순간 유려한 곡선을 그리며 뒤로 날아오던 신발에 얼굴을 맞았기 때문이었다. '아.'

이 일은 내가 누군가에게 어릴 때 축구를 좋아했다는 사실을 얘기할 때면 항상 등장하는 에피소드이다. 대체로 "너 혹시 신발에 얼굴 맞아본 적 있냐?"라고 물으며 얘기를 시작한다. 그땐 그저 신발에 맞아도 좋을 때였다. 그게 어떻게 그런 식으로 날아와서 또 하필이면 얼굴에 맞는지⋯ 너무 신기하고 웃겨서 아픈 것도 몰랐던 것 같다. 근데 왜 안경은 물 자국 범벅이었는지⋯ 하하ㅎ⋯ 그러다 문득 생각이 꼬리에 꼬리를 물고, 마치 영화 한 편을 떠올리듯 장면, 장면이 생각나기 시작했다.

초등학교 6학년 마지막 시험에서 난생 처음 올백을 맞아 본 일, 떡볶이 마지막 한 조각을 두고 실랑이를 벌이다 친구 입천장에 구멍 낼 뻔한 일, 처음으로 반을 이끄는 실장이 되어 선생님과 가장 값진 일 년을 보낸 일⋯

"정말 많은 일이 있었구나."

초등학교 6년은 어찌나 길었던지, 명절에 친척들이 집에 오시면 '아직도 초등학생이야?'라며 놀라시곤 했는데, 중·고등학교는 들어가는 순간 그대로 바람 따라 물결 따라 회전문처럼 자연스럽게 졸업해버렸다.

가끔이 아니고 항상, 나는 그 시절을 추억하며 되돌아가고 싶어한다. 다리 한쪽에 고무가 빠져서 덜컹거리고 딱딱한 나무로 되어 있어서 엉덩이가 불편한 의자가 있는 내 자리로, 늘 아름답고 행복했던 것 같은 어린 시절로. 아마 내가 나이를 더 먹으면 이 순간마저도 마냥 행복했던 것처럼 느껴

지겠지만. 10대의 기억은 그것만의 특별한 무언가가 있는 것 같다. 절대로 다
시 돌아갈 수 없는 학창시절의 창밖 풍경처럼 그러한….

우물 밖으로
나가다!

나는 어릴 때부터 마음속에 품고 있었던 여행의 한을 풀기 위해 자유를 얻자마자 많은 나라를 돌아다녔다. 한창 마음이 어려서 뭐든 좋아 보일 때에 TV에선 일상에 지친 현대인들을 겨냥한 온갖 국내외 여행과 맛집 프로그램이 유행하고 있었다. 아름다운 에메랄드빛 바다와 길거리 음식들. 그래, 그 모든 것들이 아름다웠지만 우리 가족에겐 기회가 없었다. 돈이 있을 땐 시간이 없었고, 시간이 있을 땐 돈이 문제였다. 그렇게 고등학교를 졸업하고 입시전쟁에서 벗어난 뒤, 친구들과 처음으로 일본에 갔다 왔다. 그 다음 여행지는 오빠와 함께 부모님을 모시고 다녀온 유럽이었다. 유럽, 그곳은 정말 다른 세상이었다. 내가 살아왔던 바둑판의 벌집 같은 아파트나 고층빌딩 숲과는 차원이 다른 광경, 그곳의 아름다운 건축예술의 세계를 만나자마자 나는 느꼈다. 우물 밖으로 나가야겠구나. 나는 그 두 여행을 시작으로 돈이 모일 때마다 집과 회사를 박차고 나와서 또 다른 이들의 삶을 살다 오곤 했다.

내가 일했던 회사에서는 회사 중앙 시스템의 인공지능이 잡다한 업무를 대신 처리해 줬고, 작업 특성상 맡고 있던 프로젝트가 끝나면 장기휴가를 신청할 수 있었기 때문에 한번 해외로 나가면 기본적으로 한 달을 잡았다. 덕분에 그 나라에서 생활비도 벌면서 다양한 일을 접해 보기도 하고, 천천히 그곳 사람들의 생활에 스며들어 편히 지낼 수 있었다. 젊은 시절 호주에서는 농사일을 하며 외국인 친구들을 많이 사귀었고, 미국에서는 작게 한식당을 하는 한국인 청년들을 도와 일을 했다.

그 뒤로 다녀온 여행 중 하나를 꼽자면 역시 어렸을 때 로망이었던 빛 없는 사막에 가서 별을 본 것이다. 남편과 결혼하고 신혼일 때, 우리는 무작정 사막에 가자며 여행 계획을 짰다. 이것저것 준비할 것과 가져갈 것이 많아서 힘들긴 했지만(차를 빌려서 비싼 천체 망원경을 조심조심 가져가야 했다. 떨어뜨리면 내일도 모레도, 사막에서 노숙이다.) 이러한 사서 고생하는 과정들도 여행의 컨셉이었다.

모래바람을 온몸으로 받아내고, 음식물을 먹을 땐 어딘가 모래 같은 것이 씹히는 게 기분 탓인가 싶은 시간들이 지나서 마침내 목격한 그 아득한 밤하늘의 별들은 아직도 잊히지 않는다. 공기 맑은 시골 정도와는 비교도 안 되게 아름다운 별빛 때문에 한동안 거기에 심취해서 현실로 돌아오지 못하기도 했다. 아이들한테도 나중에 꼭 별을 보러 사막에 가보라고 입이 닳도록 얘기하긴 하는데, 우리의 파란만장한 무용담을 들려줘서인지, VR로 전 세계 여행이 가능한 시대라서 그런지 편하고 안정적인 길만 따라가려 한다. 사람이 너무 현실적이고 낭만이 없으면 인생이 패키지여행인데. 생각해 보니 꼭 누구 어릴 때랑 똑같네.

이러려고 이때까지 산소를
소비해 왔던 것이다! 꿈의 실현

203X

나는 가상현실(Vr)과 증강현실(Ar)속 세계를 만들어내는 사람이다. 내가 고등학교에 올라가서 한창 진로 때문에 고민하던 시기에 '포켓몬 고'라는 증강현실을 이용한 게임이 인기를 끌었다. 중학생 때 좋은 동아리 선생님을 만난 덕분에 나는 이미 VR이라는 것에 익숙했고, 그때부터 VR기술은 게임 분야를 비롯해서 다방면으로 천천히 발전 중이었다.

그러다가 내가 대학교 2학년이었던 무렵부터 가상현실과 증강현실 붐이 일었고, 일찍이 대학교 과가 그쪽이었던 나는 운 좋게 내가 원하던 방향성을 가진 회사에 들어갈 수 있었다. 입사 초반에는 작은 경험부터 쌓기 시작했고, 30대가 되어서는 입사 후부터 지금까지 내가 했던 모든 작업을 합한 것보다도 엄청난 의미가 있는 일에 참여하게 되었다. 그 프로젝트는 바로 꼬맹이였던 나에게 환상적인 마법 학교를 상상하게 해준 소설 '해리포터'를 Vr을 이용해서 현실로 만들어내는 것이었다.

우리가 목표로 잡은 것은 개인이 Vr게임기를 착용하면 사용자의 스캔 정보를 토대로 캐릭터를 생성하고, 진짜 마법 학교 호그와트의 학생처럼 성향 문답을 통해 기숙사를 배정받는, 말 그대로 영화를 현실로 옮기는 수준까지 구현하는 것이었다. 워낙 영화와 소설 자체의 인지도가 엄청나고, 이렇게 방대한 세계관을 VR게임으로 만든다는 게 엄청 큰 규모의 프로젝트인지라 다양한 분야의 전문가들이 모두 힘을 합쳤다. 우리 팀은 가상현실상의 배경과 소품 그래픽 작업, 기타 기술적인 측면에서 조력자로서의 역할을 했다. 왜냐하면 가상현실이라는 콘텐츠가 일반인들에게도 인기를 끌게 된 것은 꽤 오래되었지만, 이러한 작업을 하는 일에는 익숙하지 않은 사람들이 많았기 때문이다. 아… 엄청난 부담과 책임감을 갖고 시작한 프로젝트에서 도움이 되고 있다는 사실이 꿈만 같았다.

그렇게 6개월이 지났다. 매일이 회의와 스토리보드 작성의 연속이었다. 원작에 충실하면서 어느 정도의 현실감이 어지럼증을 최소화하기에 적당한가 등 우리는 작업하고 테스트하고 수정하고, 정말 창조주의 마음으로 우리의 게임을 만들어가고 있었다. 이제 이때까지 해온 시간의 두 배만 더 버티면… 으아… 한숨 돌릴 수 있을 것이다.

오늘은 지금보다 좀 더 젊고 겁 없던 시절의 내가 시작했던 프로젝트가 마무리되는 날이다. 오늘부터 3일간, 전 세계의 주요 도시에서 우리의 게임이 첫 시연을 시작한다. 마침 시기도 호그와트에 입학해서 새 학기를 시작하기 딱 좋은 때였다.

'후우우으으음…'

차가운 겨울바람. 전국의 새로운 입학생들을 위해 오늘 하루는 걱정스런 부모의 마음으로 컴퓨터 앞을 지켜야 하지만, 새로운 동화를 마주할 어린이들과 나와 마찬가지로 그들의 한때를 떠올릴 어른들을 생각하니 가슴 한 켠이 설레었다.

다시 백지 위에 채워가는 삶
205X

이제껏 수십 년 동안 바쁘고 서툴게 백지를 채워왔었는데, 다시 새로운 종이를 꺼낼 시간이 왔다. 이때까지의 삶은 아주 커다란 앞장에 꾹꾹 눌러 담았다. 하지만 이제는 완전히 새로운 내용으로 새하얀 종이를 채워 나갈 것이다. 아마 그전보다는 훨씬 여유롭게. 그동안 하루를 치열하게 보내고 달콤하게 잠에 들면서 생각했던 그 순간이 내 눈앞으로 다가온 것이다. 이 새하얀 종이를 얼마나 기다려왔는지.

나는 이제 집을 가꾸고 그림을 그리며 살아볼까 한다. 아이들이 어렸을 때는 벽지 걱정에, 아이가 다칠까 집을 꾸밀 생각은 엄두도 못 냈지만 남은 삶 동안 내 마음의 평화를 위해서라도 하고 싶었던 일들을 하나둘씩 해나가기로 했다. 항상 사용하던 3D프로그램을 사용하면 자리에서 일어나지 않고도 앉아서 인테리어 구상을 모두 마칠 수 있었다. 하지만 이젠 새로운 장이니까 한 손에는 볼펜을 끼운 노트를, 다른 한 손에는 줄자를 들고 다니며 새로운 집안을 머릿속에 그려나갔다. 이따가 저녁쯤에는 어제 주문한 가구가 들어올 테니까 미리 택배 상자님을 위한 자리도 마련해 놓았다.

요즘은 그냥 이렇게 하루하루 살아가고 있다. 정말 그대로였다. 내가 중학교 시절에 처음 꿈꾸기 시작한 삶의 모습. 치열하지도 않고, 화려하지도 않지만 그저 집이 채워지는 것을 바라보며 책을 읽고 집의 테라스에 나가서 시원한 바람을 맞는 것. 밥을 달라고 보채는 우리 강아지한테 밥그릇 가득 사료를 부어주고, 맛있게 먹는 모습을 보고 있는 것. 그거면 충분하다.

요즘 우리 부부는 산책 겸해서 국내 여행을 짧게 짧게 다녀오고 있다. 우리들의 젊은 나날을 보상받는 것처럼. 이렇게 나이 먹어서도 방방곡곡 잘 돌아다니는 걸 보면 둘 다 활동적이고 무릎 멀쩡해서 참 다행인 것 같다. 좀 더 젊었을 때는 남편이랑 같이 취미로 배드민턴도 치고, 축구경기를 보러 가기도 했었다. 어쩌면 어릴 때부터 운동 좋아하는 아빠와 운동 싫어하는 엄마 사이에 껴서 자랐기 때문에 이 사람과 결혼을 망설이지 않았는지도 모르겠다.

하여튼 우리 둘은 죽이 참 잘 맞는 것 같다. 어쩌면 남편이 나한테 맞춰주고 있는 건지도 모르지만. 내 인생의 흰 종이 마지막 즈음에 우린 내가 설계한 집에서 영화라도 보고 있을지 모른다. 왜냐하면 내 희망에 따라 이때까지 모아둔 돈으로 집을 지어살기로 했기 때문이다. 둘 다 아날로그적인 것을 사랑하긴 하지만 건축을 처음부터 배울 순 없으니 이번만큼은 내 전공을 살려 3D프로그램으로 설계하기로 해서 건축의 기본적인 것만 공부하고 있다. 이런 것도 할 수 있을 때 다 해봐야지. 어렸을 때부터 가지고 있던 재미없는 건축물들에 대한 불만을 다 토해낼 것이다.

마지막 여행
205X

    나는 이번에 내 생애 처음으로 우주여행을 다녀왔다. 몇 년 전에 다녀왔던 북유럽 여행처럼 자유여행을 할 수는 없었지만, 패키지 자체가 자유 시간을 충분히 포함하고 있었기 때문에 오랜만에 혼자 조용히 내 인생을 돌아볼 수 있는 시간이었다.

    우주로 나가기까지 약 3주간 몇 가지 적응 훈련과 긴 준비시간을 가졌다. 여행갈 때마다 소풍가는 듯 가벼운 마음으로 싸던 여행 가방은 온통 진공으로 포장된 음식 팩과 옷들로 가득했다. 아는 사람 없이 혼자 우주여행을 다녀오기로 결심한 것은 바로 몇 주 전의 일은 아니었다. 중학교 때의 과학 동아리와 2010년대의 심오하고 아름다운 SF영화 작품들은 나를 우주로 이끌었다.

    나는 가끔 내가 치열하게 살아왔던 삶의 공간을 지나면서 그때 그 시절의 내 모습을 제3자의 눈으로 상상해 보곤 한다. 중학생 때는 버스 안에서 초등학생 때 항상 지나던 등굣길을 바라보며, 숏 컷 머리를 하고 씩씩하게 혼자 학교로 걸어가던 여자아이를 떠올렸다. 고등학교에 가서는 시험 전날

어두운 방안에서 책상 스탠드만 환하게 켜놓고 머리를 뜯으며 공부하던 중학교 시절의 나를 떠올렸다. 그렇게 계속 삶을 살아왔는데, 이제는 내가 살아왔던 곳과는 완전히 다른, 아주 먼 곳으로 나와서 나의 인생을 한눈에 바라볼 수 있다. 내가 태어나고 자란 곳, 가족과 친구들을 얻은 곳, 여행을 다니며 새로운 사람을 만나고 자연의 경이로움에 감탄한 곳, 이제는 며칠간 그곳들이 모두 한눈에, 그리고 머릿속에 둥둥 떠다닐 것이다.

우주여행 D-Day, 나는 남편과 아이들에게 인사를 하고 무겁지만 홀가분한 마음으로 현관문에서 나섰다. 여행사에서 보내온 단체 버스에 탑승해 창밖을 바라본다. 앞, 뒤, 옆 좌석에는 가족과 커플들이 처음으로 지구 밖을 벗어날 생각에 불안한 마음을 서로 달래며 설렘을 표현하고 있다. 나처럼 혼자 온 사람도 꽤 되었다.

'그들은 어떤 이유로 이곳으로 끌어당겨진 걸까?'

이륙장에 버스가 도착하고 그 뒤의 일은 아주 일사분란했다. 거대한 우주선에 감탄하는 것도 잠시 정신을 차려보니 나는 하늘을 바라보고 있는 의자에 앉아서 이 악물고 의자 손잡이를 꽉 잡고 있었다. 이륙할 때 느껴지는 속도는 엄청났다고 확신하지만, 그 시간이 나에게는 너무 길게 느껴졌다. 옆으로 고개를 돌려서 바라볼 사람도 없었기에 그냥 마음속으로 부모님 생각을 했다.

성공적으로 우주 공간에 도착한 뒤 휴식을 좀 취하고 나서 첫 스케줄은 우주선의 전망대에서 우주를 보는 것이었다. 벨트를 풀고 자리에서 일어나 전망대로 향했다. 유럽에서 반년 정도 유유자적 여행하며 시간을 보낼 수 있는 돈을 투자해서, 드디어 고대하던 지구의 모습을 바라보는 순간이었다.

12살에 수련회 캠프파이어 시간 동안 시골 밤하늘을 바라보며 별에 대한 꿈을 키우고, 15살에 천체 망원경 설치하는 방법을 배우며 꿈으로 다가갔었는데, 50대가 되어서야 꿈을 이루었다. 그동안 인간의 과학기술은 고도로 발전해 왔지만, 우주의 모습을 그대로 담기에는 인간은 너무나 작은 존재였나 보다. Vr체험관에서 봤던 우주의 모습도 그 나름대로 아름답고 웅장하다고 느꼈지만, 이것은 다른 차원의 문제였다.

우리는 살아가면서 1인칭 시점으로 세상을 마주한다. 절대 타인이 되어 남들이 보는 나를 바라볼 수는 없다. 카메라든 거울이든 실제를 완전히 담아낼 수는 없는 것이다. 지구도 마찬가지라고 생각했었다. 지구 안에서 살아가며, 지구의 안쪽만 바라보다가 지구 안에서 생을 마감한다. 그렇게 생각해 왔었는데 지금 내 눈앞에 환하게 빛을 반짝이는 도시의 지구와 너무나도 원시적인 모습으로 푸른 지구가 있다. 어느 곳은 번개가 치고 있었고 어느 곳은 한없이 잠잠한 고요 그 자체였다. 10대를 안경을 쓰고 보내며, 평생 남들보다 별로 눈 좋은 날 없이 살았던 나지만, 이 순간을 조금이라도 오래 담아두기 위해 두 눈 크게 뜨고 지구를 바라보았다. 그 아름다운 전체를 감상하느라, 생각하는 것도 잊고 있었다. 정신을 차리고 지구를 다시 바라보았다. 우리나라, 우리나라는 어디에 있지. 구름에 가려져 잘 보이지는 않았지만, 나는 쉽게 우리나라의 위치를 파악할 수 있었다. 문득 저 구름 아래에 있을 나의 사람들이 생각났다.

'비가 올 것 같은데 우산은 챙겨서 나왔을까.'

이제 잠을 잘 시간이다. 사실상 이미 나를 둘러싼 하늘이 없어진 이곳에서는 '잘 시간'이라는 말이 무용지물이겠지만, 자기 전에 마지막으로 방금 가족들과 영상 통화를 했다. 남편과 아이들 어깨너머로 슬쩍 집안 상태가 보였다. 예상은 했지만… '혹시?'는 '역시'가 되었다. 집에 있는 로봇 청소기에게 심심한 위로를 건네는 등 농담도 주고받다가 곧 집에서 보자는 인사를 건네고 전화를 끊었다.

시간이 흘렀다. 지난날을 혼자 되돌아보기도 하고, 그 사이에 같이 온 사람들과도 친해져서 함께 식사를 하거나 각자 지구에서의 삶에 대해서 얘기하며 시간을 보내기도 했다. 이 여행에서 돌아가면 원고를 끝내고 책을 내기로 되어 있다고 했더니, 자기 얘기도 잘 좀 적어달라고 하거나 미리 사인 좀 해달라고 농담하는 사람들도 있었다.

'오늘은 우주여행 마지막 날이다.'

그동안 이 끝없는 우주의 끝을 보기 위해, 빈 허공을 많이도 응시해 왔다. 그런데 이제는 그 끝없는 공간에 내가 내던져질 차례였다.

아마 이 패키지여행을 신청한 사람들이 가장 고대했던 시간이었을 것이다. 우리는 마지막으로 주의 사항을 확인하고 안전장치를 착용한 뒤 굳게 닫혀 있는 문 앞에 다 같이 모여 섰다. 이윽고 뒤쪽에서 우리가 생활하는 공간과 연결된 문이 닫히고, 우리 앞쪽에 있는 문이 천천히 열리기 시작했다. 어린 시절에 상상하던 우주는 그냥 자유롭게 둥둥 떠다니고 재밌을 것만 같았는데 막상 안전한 우주선 밖으로 한 발을 내딛으려 보니 아래는 끝이 보이지 않는 새카만 바다였다. 인간이 가장 공포를 느낀다는 11m는 무슨… 그냥 나는 평생의 갑절 시간 동안 떨어져도 끝에 닿지 못할 높이의 다이빙대 앞에 서 있는 기분이었다. 머뭇거리는 사이에 용감한 젊은 친구들이 먼저 우주선 밖으로 하나둘씩 나가는 걸 보고, 드디어 우주선 밖으로 몸을 내던졌다. 예상과는 달리 떨어지지 않았다. 두둥실— 더 이상 내 몸을 방해하는 것은 아무것도 없었다.

주위를 둘러보았다. 나를 둘러싼 반짝이는 예쁜 별들이 너무 아름다웠다. 지구에서 보던 것들과 비교하면 정말 눈앞에 있는 것 같았다. 그때 뭔가 등 뒤에서 거대한 것이 느껴져서 뒤를 바라보았다. 지구였다. 내가 종교를 믿지는 않지만, 신이 이런 걸 만들었다면 신은 정말 그 오랜 시간 동안 많은 사람들의 숭배를 받을 만한 것 같다.

저쪽, 새까만 어둠 속에서 먼지만한 회색 물질이 다가온다. 거리가 잘 가늠되지 않는 우주에서 방금까지 먼지 같았던 그 물질은 이젠 내 주먹만해졌다. 방금 주먹만하던 그 덩어리는 이제 1M는 되어 보였다. 저 멀리 수평선에서 다가오는 파도처럼 그 덩어리는 내 눈 바로 앞에서, 1M가 되었다.

'왜 진작 피할 생각을 못 했지 이렇게 눈앞에 다가올 때까지.' 언제나 인생은 후회의 연속이었다.

눈을 질끈 감고 있는 동안 커다란 충격이 나를 덮친다. 우주복에 내장되어 있는 장애물 감지 센서가 다가오던 물질의 속도를 늦춰주기는 했으나 이것은 이때까지 살면서 받아본 적 없는 충격이었다. 지구에서 바위에 쿵 부딪혔다고 해서 곧 질식으로 죽을지도 모른다는 생각을 할 필요는 없으니까.

처음에는 당황해서 아무런 생각도 나지 않았다. 그저 팔을 버둥거리며 조금이라도 산소를 붙잡아 놓으려고 애썼다. 아아… 어렸을 때 '영화 같은 현실'을 꿈꾸긴 했지만 이런 '현실적인 영화'의 결말을 맞고 싶지는 않았는데…, 지금처럼 영화 같은 현실에서도 영화와 다른 점은 현실은 현실이라는 점이었다. 현실에서 사람은 산소가 없으면 죽는다. 그래도 죽고 싶지 않았다.

이런 생각이 들 때쯤, 나는 몇 주 전부터 계속 공부해 왔던 비상시 대처 요령이 생각났다. 우주복 앞주머니에 있는 비상용 키트에서 보수 테이프를 꺼내 헬멧의 균열에 덕지덕지 붙였다. 산소가 빠져나가는 걸 완전히 막기엔 역부족이었지만, 무전기에서 소리가 들리고, 두꺼운 테이프들 사이로 멀리서 안전요원이 다가오는 게 보였다.

후……

후기

어렸을 때부터 그림이든 뭐든 조금씩 모아서 하나의 전체를 완성하는 걸 좋아했다. 그래서 책장에는 어디서 본 건 있어 제일 앞 페이지에 '20XX년 X월 X일부터~' 라고 멋들어진 표식을 남겨놓은 공책들이 많았는데 좀 더 나이가 들어 다시 꺼내본 그 야망의 공책들은 남은 둘째치고 내가 보기에도 민망한 결과물이었다. 하지만, 그것들 없이는 지금의 내가 존재하지 않는다는 걸 알기에 나는 좋은 발판이 되어준 옛 공책들을 정리하는 일을 망설이지 않았다. 그리고 지금부터 새로 써 내려갈 공책들로 책장을 다시 채웠다. 아마 이 책도 그중 하나가 될 것이다. 여러 가지 일을 병행해서 하다 보니 글에 생각보다 신경을 쓰지 못해서 나중에 꺼내어 본다면 반드시 이불을 차게 될 것이지만, 어렸을 때부터 '나'를 제일 가까이서 봐온 사람으로 장담컨대, 나에게 이 책은 그 어떤 야망의 공책보다 더욱 뿌듯하고 아름답게 생각될 것이다.

한번뿐인 고등학교 생활 중 우리만의 아지트 같은 수석 교사실에서, 종이컵에 차 한 잔씩 태워 들고 도란도란 얘기를 나누던 시간과 마감을 앞둔 작가의 심정으로 9교시에 혼자 조용히 노트북을 두드리던 시간은 오롯이 나의 것이고 우리 친구들의 것이다. 남들은 아마 모를 것이다. 자기 자신의 이야기를 쓰기 위해 모인 친구들이 우리만의 추억을 새롭게 만들고 있었다는 것을.

Dream a dream of me

WRITING / PHOTO . 이 다 연

이 다 연

2000년 평범한 가정에서 출생.

승부욕이 강해 뭐든 열심히 한다.

후회 없는 삶을 살아가는 연습 중이다.

남에게 피해 주지 않는 삶을 살고 싶다.

내 사람들을 챙기며 의미 있게 살고 싶다.

내가 죽을 때 슬퍼하며 나를 추억해 주는 사람이

주변에 몇 명 정도는 있는 사람이 되고 싶다.

동생과 나

나와 동생은 3살 차이이다. 부모님의 맞벌이로 나는 태어날 때부터 할머니댁에, 동생은 외할머니댁에 맡겨져서 어릴 때는 같이 지내지 못했는데, 동생이 4살 때 외할머니께서 편찮으셔서 동생도 할머니댁으로 오게 되었다. 어렸을 때는 동생이랑 별로 안 친하기도 하고 엄마가 동생을 더 예뻐해서 동생을 별로 안 좋아했던 것 같다. 지금 엄마에게 그 이유를 들어보니 동생이 4살이 돼서야 우리 집에 와서 할머니께서 은근히 차별을 하셔서 불쌍해서 그랬다고 한다. 지금은 이해하지만 그때는 섭섭했다. 또, 동생은 나보다 공부 빼고 거의 모든 부분에서 뛰어나고 나보다 예뻐서 어른들을 만날 때마다 항상 어른들의 사랑을 독차지했다. 나는 칭찬을 듣지 못하는 것에 익숙해져 어른들을 만나는 것이 짜증나고 불편했다.

이렇게 어릴 때 나는 동생에게 질투를 했는데 커 가면서 변화가 생겼다. 나의 이러한 마음을 알고는, 엄마가 동생과 나는 서로 다른 특징을 가지고 있고, 이것은 인정해야 할 것이라고 말씀하신 것이다. 처음에는 받아들이기 어려웠지만, 내가 아무리 짜증내 봤자 달라질 것이 없다는 것을 깨닫고, 서서히 받아들이려고 노력했다. 또, 동생이 크면서 알게 된 것이 있는데, 나는 나만 스트레스를 받는 줄 알았더니, 은근히 동생도 나 때문에 스트레스를 받고 있던 것이다. 밥을 많이 안 먹는 동생은 잘 먹는 나와 비교되어 할머니한테 꾸중을 들어야 했고, 내가 100점을 맞아 올 때마다 좋아하시는 부모님 옆에서 자기 혼자 스트레스를 받았고, 나의 거친 말투 때문에 부탁도 잘 못하며 나를 어려워했다. 특히 최근 중학생이 되어 공부 스트레스가 심해진 동생을 보면 안타깝고 불쌍하다. 그래서 요즘은 공부도 많이 알려 주고 상냥하게 대해 주려고 노력하고 있다.

그래도 동생이 있어서 좋았던 점도 많았다. 활동적인 동생은 내가 심부름을 시킬 때마다 불평을 하면서도 잘 해줬고, 커가면서는 부모님께 털어 놓기 어려운 이야기들도 동생에게 많이 했다. 어렸을 때는 동생을 조금 싫어하긴 했지만 지금은 동생 덕분에 좋은 점이 더 많다. 평생 살아가며 든든한 내 편이 될 거란 믿음이 온다.

내가 어렸을 적에는~

아주 어렸을 때 나는 말 잘 안 듣고 부모님을 많이 힘들게 하던 아이였다. 잠도 정말 안 자고 설령 잔다 해도 한 시간에 한 번씩 깨서 부모님의 잠을 방해했다. 또 우유를 먹을 때도 누가 누워 있는 나에게 젖병으로 우유를 먹이려고 하면 조금 먹는 척하다가 그대로 분수 뿜듯이 뿜어냈다고 한다. 아직도 내 어릴 때의 이야기를 해주실 때면 엄마는,

"옥상에서 던져버리고 싶었다!!"

고 하신다. 내가 나의 어린 시절을 직접 보지는 못했지만 이야기만 들어도 나였다면 나를 정말 키우기 힘들었을 것 같아서 지금 부모님께 매우 감사하고 있다. 어렸을 적 나의 재미있는 일화를 소개해 보겠다.

먼저, 나는 코에 무언가를 넣는 것을 좋아했다고 한다. 어느 날 엄마가 나에게 간식으로 맛살을 잘게 잘라서 줬는데 어느새 보니 그걸 코에 집어 넣고는 숨이 안 쉬어져 울고 있었다. 놀란 엄마는,

"흥!! 해 흥!!"

하며 코에 들어간 맛살을 빼내려고 했는데 너무 깊게 넣어서인지 내가 너무 놀라서인지 잘 빠지지 않았다. 결국 나를 데리고 동네에 자주 가던 소아과에 갔고, 의사 선생님께서는 어이가 없으셨는지 웃으시며 핀셋으로 내 코에 들어간 맛살을 하나하나 빼 주셨다고 한다. 나는 이 이야기를 듣고, 코를 그렇게 못살게 굴었는데 콧구멍이 더 커지지 않은 것이 다행이라고 생각했다.

두 번째 이야기는 내가 기어다닐 때의 이야기이다. 나는 기어다니기 시작하고부터 높은 곳으로 올라가기를 좋아했다. 어느 날, 내가 서랍장 위에 올라가 있었는데, 혹시 떨어질까 걱정된 할머니께서,

"야야, 떨어지면 머리 깨진다! 빨리 내려와래이!"

라고 하셨는데, 그때 내가 한 말이,

"내는 머리 깨져도 안 운다!!"

였다고 한다.

내가 생각해도 정말 맹랑하다. 어릴 때 나는 그렇게 용감했었나 보다.

농구… 너란 놈

최근 약 3주 동안 나는 평생 할 농구를 다 한 것 같다. 이번 체육 수행평가가 농구 프리 드로우 10개 던져 넣기인데, 내 농구 실력이 좀 심각한 상황이기 때문이다.

다른 아이들은 농구를 못 해서 체육이 B 나온다고 한다면 뭐 체육 하나쯤이야~ 라고 하며 대수롭지 않게 여길지도 모른다. 하!지!만! 나는 전 과목을 가르칠 수 있어야 하는 초등교사를 지망하는 학생으로서 국어, 영어, 수학, 사회 등의 주요 과목뿐만 아니라 정보, 기술가정, 한문 게다가 음악, 미술, 체육까지 하나도 빠짐없이 다 잘 해야 하기 때문에 문제인 것이다!!!!

그전의 수행평가인 오래달리기는 정말 목에서 피 맛이 날 때까지 열심히 뛰어 100점을 맞긴 했지만 농구는 내가 너무 못해서 걱정이 되었다. 그래서 수업 시간에 연습을 정말 열심히 하긴 했다! 그런데 1차 평가 때 10개 중 2개를 넣고 최저 점수를 받았다. 연습 때는 친구들과 돌아가면서 한 번씩 던지는 것을 반복해서, 단 시간에 집중할 수가 없으니까 내가 얼마나 못하는지 실감이 나지 않았는데 평가를 해보니까 실감이 났다.

2개라니ㅠㅠ

열심히 연습했는데 이런 결과가 나와서 너무 슬펐고 이럴 거면 그렇게 열심히 연습하지 말고 차라리 놀면서 쉬엄쉬엄 연습할 걸 그랬다는 생각도 들었다.

그렇지만 이미 나온 결과를 어쩌겠나. 2차 평가라도 잘 치기 위해 체육 선생님께 도움을 받으러 찾아갔다. 내가 초등교사가 목표라고 말씀드리니 초등교사가 농구를 그렇게 못해서야 되겠냐고 애정 어린 조언을 해주셨는데 내가 그때 내 자신에게 너무 실망해 감정이 북받쳐 오른 상태여서 선생님의 그 말씀에 바로 눈물이 터져 버렸다.

선생님께서는 약간 당황하신 듯했으나 일단 '열심히 연습했는데도 2개 밖에 넣지 못한 이유를 찾아 보자' 시면서 나에게 공을 한번 던져 보라고 하셨다. 나는 울면서 공을 던졌고, 선생님께서 바로 문제점을 알려주셨다. 내가 선생님이 알려주신 대로 공을 던지지 않고 내 마음대로 불안정한 자세로 공을 던지고 있었던 것이다. 내 딴에는 선생님께서 알려주신 대로 하면 더 안 들어가는 것 같아서 내 나름의 방식을 찾기 위해 그냥 되는대로 던져 보고 있었는데 그것이 잘못이었다.

선생님께서는 던지는 방법을 다시 상세히 알려주셨고 핵심인 역회전을 열심히 연습하라고 하셨다. 처음에는 안 될지 몰라도 익숙해지면 잘 들어 간다는 선생님의 말씀을 믿고 공을 넣는 것을 목표로 하지 않고 공을 역회전시키는 연습부터 하기로 했다. 그렇게 그 한 시간 동안은 역회전 연습만 했다. 수업이 끝날 때가 되니, 선생님께서,

"진짜 교사는 자기가 못 한다고 포기하면 안 되는 거야. 이거 가지고 가서 일주일 동안 내가 가르쳐 준 대로 열심히 연습해 봐."
라시며 공을 챙겨주셨다. 학교 공을 스스럼없이 꺼내주시는 선생님의 마음에 감동 받아 또 눈물이 나올 뻔했다.

공을 가져왔지만 학교 강당에서는 배드민턴 부 때문에 연습을 못하기 때문에, 매일 밤 9시에서 10시까지 한 시간 동안 야자를 마치고 나서 심자를 빼고 우리 집 바로 앞에 있는 초등학교에 가서 연습을 했다. 아빠가 같이 가서 자세도 봐주고 방향도 봐줬는데 조금이나마 연습할수록 나아지는 것 같아 기뻤다.

그런데 막상 2차 시험을 보던 날, 시험 치기 전 연습 시간 때 연습을 하는데 매일 밤 연습했던 만큼 기록이 나오지가 않았다.

너무 좌절했지만, 어쩌다 한 번 넣을 때마다 선생님께서,

"옳지! 잘하고 있다! 이제 백발백중이네~ 연습 많이 한 티가 난다! 100점 맞겠다!ㅎㅎㅎ"라며 긴장을 풀어 주시고 날 응원해 주셔서, 긴장만 하지

않으면 운도 따라 줄 것이라고 믿으며 시험 칠 때 침착하게 마음을 진정시키고 한 번 들어가고 안 들어가고의 결과에 상관하지 않으려고 했다.

그랬더니 기적처럼!! 처음에 10개 중에 2개밖에 넣지 못했던 내가 무려 6개를 넣고 80점을 맞았다. 시험을 치면서도 생각보다 너무 잘 들어가서 매우 놀랍고 기뻤지만 침착하게 시험을 끝냈다. 끝내자마자 내 기록을 보고 소리를 지를 수밖에 없었다. 진짜 날아갈 것만 같은 기분이었고 온 세상이 아름다워 보였다. 너무 좋아서 뛰어다니고 있던 차에, 선생님께서 오시더니,

"아까 니 하는 거 보니까 100점 맞을 수 있을 것 같았는데 80점이네!! 쪼금 아쉽지만 잘 했다."

라고 칭찬해 주셨다. 나는 이 정도로도 만족했는데 나를 높게 평가해 주시는 선생님을 보니 정말, 매우, 너무, 아주 감사했다.

이번 농구 수행평가를 하며 느낀 점이 두 가지 있다.

먼저, 아무리 열심히 해도 틀린 방법으로 열심히 하는 것은 아무 의미가 없다는 것을 느꼈다. 이것을 인생에 적용해 봤을 때, 인간이 올바르게 살아가기 위해서는 올바른 방향을 잡아줄 수 있는 사람이 있다면 정말 도움이 될 것 같다. 나도 선생님이 되어, 이제 막 인생을 배워가는 초등학교의 어린 학생들에게 올바른 길잡이가 되어 방향을 제시해주고 싶다.

두 번째로, 칭찬과 격려가 정말 힘이 된다는 것이다. 내가 선생님께 도움을 요청하러 찾아갔을 때, 선생님께서 자신이 알려준 방법대로 안 하는 것을 꾸짖으시고 나를 가르쳐 주시면서도 당근 대신에 채찍을 택하시고 화를 계속 내셨다면, 나는 더욱 의기소침해져 제대로 연습을 하지 못했을 것이다. 선생님께서 칭찬을 계속하시니, 그 기대에 보답해야겠다는 마음 때문에 더 열심히 한 점도 있기 때문이다.

결과적으로 나는 정말 적당한 시기에 아주 좋은 선생님을 만나 나의 약점을 극복할 수 있었다. 그리고 선생님의 칭찬 덕분에 단순히 수행평가를 위해서 뿐만 아니라 농구라는 스포츠 자체에도 관심이 생겨 꾸준히 농구를

하고 싶은 마음도 생기게 되었다.

그래서 이 글을 통해 선생님께 한 말씀 드리고 싶다.

"선생님의 도움과 따뜻한 응원, 배려 덕분에 저는 제 한계를 극복하게 되었고, 참된 교사가 되는 길에 또 한 발짝 다가간 것 같습니다! 선생님의 말씀 꼭 새겨듣고 선생님처럼 좋은 교사가 되도록 노력하겠습니다!

감사합니다. ㅎㅎㅎ"

마지막 수학여행

2017년 새 학기가 시작되고 얼마 되지 않아, 나는 내 생애 두 번째 수학 여행을 가게 되었다. 초등학교, 중학교, 고등학교가 있는데 왜 두 번이냐 고? 바로, 중학교 2학년 때 세월호 사건이 터져서 수학여행이 취소되었기 때문이다. 수학여행에 약간은 한이 맺힌 나는 이번 수학여행을 매우 기대 하고 있었다.

그런데 친구들과 친할 때 가서 재밌게 놀아야 할 수학여행을 3월에 간 것이다. 처음에는 걱정을 많이 했다. 아직 친하지도 않은 친구들과 3박 4일 을 어떻게 버텨야 하나. 그런데 나름 학기 초에 친구들과 빨리 친해져서 재 밌는 수학여행을 보낼 수 있었다. 지금부터 수학여행에서 내가 가장 기억 에 남는 일들을 말해 보겠다.

출발하는 날, 아침 일찍 친구와 함께 아빠 차를 타고 대구공항으로 갔다. 공항에 30분 정도 일찍 도착한데다가 1시간의 대기 시간이 있어서 기다리 는데 너무 지루했지만 여행을 간다는 사실에 설레었다. 오랜 기다림 끝에 비행기 표를 받았다. 그런데 문제는 여기서 일어났다! 내 이름은 분명 이다 은인데 비행기 표에는 이다은으로 되어 있는 것이었다. 친구들은 모두 각 자의 비행기 표를 모아서 사진을 찍고 있었는데 나는 내 이름이 아니라서 사진도 같이 못 찍고 탑승 전 이름 확인을 할 때도 승무원 분의,

"이름이 뭐에요?"

라는 질문에 얼른 비행기를 타기 위해

"이다은이요…ㅠㅠ"

라고 말할 수밖에 없었다.

수학여행 동안 우리 반은 예술 중심 코스로 여행해서 미술관에 많이 갔 다. 이중섭 미술관에 갔을 때, 안쪽을 다 둘러보고 시간이 남아서 밖의 거리

를 돌아다녔다. 기념품이나 옷가게 등의 예쁜 물건을 파는 상점이 많았다.

그중 '맨도롱 또똣'이라는 제주도를 배경으로 한 드라마에 나왔다는 상점이 있어서 '맨도롱 또똣' 시청자였던 나는 바로 들어가 보았다. 그곳에는 드라마 '상속자들'에 나와 유명해진 '드림캐쳐'와 각종 나무로 만든 장식품들, 그리고 털실 인형이 달린 열쇠고리 등을 팔았다.

그중에서 내 눈길을 끈 것은 바로 털실 인형이 달린 열쇠고리였다. 평소 자투리 재료로 무엇을 만드는 것을 좋아하고 '걱정 인형'처럼 털실로 만든 아기자기한 인형을 좋아하는 나는 보자마자 한눈에 딱 꽂힐 수밖에 없었다. 기념품 사는 것은 아무 쓸모없는 짓이라고 생각했던 나였지만, 그때만큼은 예외였다. 쪼그마한 거 하나에 4천 원이나 했지만, 나는 빨간색의 귀여운 악마가 달린 열쇠고리를 기어이 지르고야 말았다♡ 그렇지만 전혀 돈이 아깝지 않았고 아주 행복했다.

수학여행 다녀온 후 나는 이 귀여운 열쇠고리를 가방에 달았는데, 채 한 달이 되기 전에 버스에서 이리저리 부딪히며 고리가 벌어지다가 버스에 사람이 유독 많던 어느 날 이리저리 치이다가 결국 고리가 끊어지면서 이 귀여운 아이를 잃어버리고 말았다.ㅜㅠㅠ 그래서 나는 대학생이 된 후 제주도 여행을 다시 한 번 와서 그 가게에서 똑같은 것으로 다시 사야겠다고 다짐했다!!

마지막 이야기는 면세점 이야기다. 나는 비행기를 수학여행 가기 전까지 제주도에 가느라 왕복해서 총 두 번 타 보긴 했는데 너무 어릴 때라 면세점에 가 본 적이 없었다. 면세점에서 사면 뭐든 정말 저렴하다는 말을 듣고, 이번 기회에 꼭 한 번 가 봐야겠다고 생각을 했었다.

나는 백화점 브랜드 립스틱을 지금까지 한 번도 써 본 적이 없어서, 이번 기회에 립스틱을 하나 사야겠다고 생각했다. 평소 사고 싶었던 립스틱 리스트를 쭉 적어보고 그중 제일 갖고 싶었던 슈에무라의 마뜨 립스틱을 사기로 했다. 매장에 가서 립스틱 색을 고르고 막 계산하려고 하니 신분증이 필요하단다. 나는 순간 '아직 주민등록증 없는데… 못 사는 건가?' 라는 생각을 했는데 문득 담임 선생님이 생각났다.

난 곧바로 선생님을 찾아 나섰고 선생님을 찾아 조심스레 부탁했다.

"선생님! 립스틱을 하나 사려고 하는데 신분증이 필요하대요. 선생님이 대신 결제 좀 해 주시면 안 될까요?"

담임 선생님께서는 흔쾌히 허락하셨고 나는 내 생애 첫 백화점 립스틱을 갖게 되었다. 백화점보다 오천 원 정도 싸게 사서 매우 만족하고 있다.

이렇게 나의 마지막 수학여행이 끝났다. 마지막 수학여행이라고 하니 많이 섭섭하다. 앞으로도 이렇게 마지막이 되는 일들이 많겠지. 나중에 후회하지 않게 지금 한순간을 소중히 생각하고 열심히 최선을 다해 살아가야겠다.^o^

딱 기다려, 여행아!

어렸을 때 나는 여행을 그렇게 좋아하는 편이 아니었다. 중학교 때까지만 해도 걱정이 너무 많아서 여행 가기가 정말 무서웠다.

미국 가면 총기 난사 사건이 일어날 것만 같고, 일본에 가면 방사능 때문에 내 몸이 오염될 것만 같았으며, 필리핀에 가면 납치를 당할 것 같았고, 또 IS의 폭탄 테러가 무서웠다!!

이랬던 내가 여행에 관심이 생기게 된 결정적 계기는 '싱글 와이프' 라는 프로그램이었다. 이 프로그램에서 방송인 박명수의 아내인 한수민은 친구와 함께 여행을 떠났고, 외국 숙소의 바에서 정말 자유롭게 외국인들과 대화하며 여행을 즐겼다. 이 프로그램을 보며 나도 그런 자유로운 분위기를 느껴보고 싶었던 것 같다.

그런데 그러기 위해서는 영어 회화를 잘 해야 한다고 생각했다. 이것 때문에 고민이던 내게 답을 준 영화가 있었다. '아이 캔 스피크' 라는 영화인데 이 영화에서 나문희는 이제훈에게 영어를 배운다. 그런데 이제훈은 영어는 되든 안 되든 일단 뱉어 봐야 한다며 나문희를 외국인들이 많은 가게에 데려가 10분 동안 그들에게 다가가 자유롭게 영어로 대화를 나누라고 한다. 말이 안 통해도 손짓 몸짓을 하며 대화를 계속 시도하는 나문희의 모습은, 항상 머릿속으로 영어 문장을 완성하여 말하려던 나에게 깊은 인상을 주었다.

그리고, 이 인상은, 내가 동생과 되든 안 되든 영어로만 말하기를 시도하는 기회를 만들었다. 이 시도는 물론 일주일 정도밖에 안 갔지만 문득 생각날 때면,

"영어로 말하기 시작!!"

하며 우리는 다시 또 영어 대화를 시작한다. 이 영어 대화가 나의 해외여행에 도움을 줄 거라 믿어 의심치 않는다.

지금까지는 내가 집에서 가장 멀리 떨어져 본 곳이라고는 제주도가 전부였다. 그러다 보니 나는 당연히 여권도 없었고, 부모동행 체험학습으로 일본 등 해외에 갔다 오는 친구들이 너~무너무 부러웠다. 그래서 수능을 치고 여행갈 계획을 일단 몇 개 잡아 놨다.

힘든 고등학교 생활을 마치고 곧 성인이 되는 만큼 일단 고등학교 동안 같이 생활한 친구들과 대만 여행을 가기로 했다. 힘든 세월을 같이 보낸 친구들이라서 오랜만에 느껴보는 자유가 어색하면서도 좋을 것 같다.

그 다음은 엄마랑 독일에 가기로 했다. 엄마는 어릴 때 독일어 교사가 꿈이셨는데 그 꿈을 이루지 못해서 독일을 정말 가고 싶어하셔서 나랑 같이 가기로 했다. 가서 엄마는 맥주, 나는 소시지를 먹기로 약속했다.

이것 말고도 나는 여러 군데 여행을 다닐 것이다. 하지만 그러기 위해서 일단 대학을 가야겠지. 나는 고3이니까 이제 그만 공부하러 가야겠다. 마음 편히 여행 다니도록 수시 다~붙고 수능도 잘 치자. 다연아, 파이팅!

♡두근두근 교생실습 날이에요♡

오늘은 드디어!! 내가 그토록 기다리고 기다리던 교생실습을 가는 날이다. 고등학교 때부터 우리 동네 지역아동센터에 봉사를 나가며 초등학생 아이들과 함께 생활하는 즐거움을 깨달았기에 기필코! 내가 바라던 서울교대에 가서 교생실습을 나가겠다고 다짐하며 열심히 공부했다. 그리고 오늘, 자랑스러운 서울교대의 2학년이 되어 처음으로 교생실습을 가게 된 것이다!!

하늘하늘한 연분홍색 블라우스에 남색 치마를 입고, 머리는 돌돌 말았다. 예쁜 표정을 연습하고 무엇보다도 수업 준비를 꼼꼼히 했다. 아이들에게 딱 맞는 수업을 하기 위해 많이 고민했다. 목소리 톤은 어느 정도가 좋을까, 말투는 어떻게 하지? 긴장해서 말이 빨라지면 어쩌지? 등 많은 고민을 했지만 일단 내가 좋아하는 아이들이 나를 선생님! 이라고 부르며 반겨 줄 생각에 마냥 들떠 있었다.

8:00 AM - 교생실습 학교로 지원한 아양초등학교에 도착했다! 먼저, 내가 들어갈 3학년 5반 담임 선생님께 인사를 드린다. 선한 인상이시고 굉장히 친절하시다. 아이들이 등교하기 30분 전인 지금, 교실에 도착해 수업 준비를 한다. 교실의 위치를 체크하고, 나를 소개할 PPT가 실행되는지도 확인해보고, 목도 한 번 풀어 보면서 아이들이 오기를 기다린다.

8:30 AM - 아이들이 학교에 왔다. 3학년 5반 담임 선생님께서 아이들에게 나를 소개해 주신다. 이제 내가 나를 소개할 차례이다.

"3학년 5반 친구들~! 만나서 반가워요. 오늘부터 2주 동안 여러분과 함께하게 된 이다연 선생님이에요! 잘 부탁해요"

"우와~~~선생님 반가워요!!"

아이들은 나를 반갑게 맞아 주었다. 하루 종일 같이 지내며 신기한지 내 뒤를 졸졸 따라다니는 아이들이 너무 귀여웠다. 고등학교 때 지역아동센터에 봉사활동을 나갔을 때 한꺼번에 많은 아이들의 이름을 외웠어야 해서 그때부터 아이들의 이름을 빨리 잘 외울 수 있게 되었는데 이 능력이 오늘 빛을 보았다. 내가 어렸을 때를 생각해 봐도 내 이름을 외우고 불러 주는 선생님이 좋았는데 역시나 우리 반 아이들도 그랬다. 내가 하루 만에 아이들의 이름을 거의 외워서 불러 주니 신기해하면서 눈을 초롱초롱하게 뜨고 나를 바라본다.

벌써부터 이렇게 좋은데 교생실습이 끝나면 헤어질 때 얼마나 힘들까? 여기에 있는 동안이라도 아이들에게 최선을 다해 잘 해줘야겠다. 아이들이 커서도 내가 교생으로 들어갔던 수업들을 좋았던 경험으로 기억해 줬으면 좋겠다.

오늘은 첫날이라 수업을 하지 않았지만, 내일부터는 내가 수업을 진행해야 한다. 아이들이 잘 들어 줘야 할 텐데… 그럼 나는 이제 퇴근해서 수업 준비를 해야겠다. 내일이 기대된다.

오래된 실천

생각해 보면 나는 내가 기억하지 못할 때부터 사회적 약자들을 돕고 싶다고 생각했는지도 모른다. 그리스 로마 신화를 볼 때는 꼭 전쟁에서 지고 있는 나라를 응원했고, 어릴 때부터 추운 날 길가에 노숙자들이 벌벌 떨며 엎드려 있으면 그들의 상자에 돈을 넣어주고 싶었으니까. 하지만 어릴 때는 돈이 없기도 하고 항상 '다음에 하지 뭐~', '어른 되면 하지 뭐~'라는 생각으로 그런 마음만 가진 채 실천은 하지 않았다. 이런 마음으로는 어른이 되어서도 똑같이 실천을 미룰 것이 뻔하였다.

그런 나의 생각을 바꿔준 사건이 두 개 있다. 때는 2017년, 내 나이 18살, 한창 공부와 여러 활동에 바쁠 때였다. 그날도 나는 '대구 영어 톡톡 콘서트'를 방청하러 친구와 지하철을 타고 가는 중이었다. 어느 순간 한 장애인 남자가 지하철을 타고는 자신의 상황을 말하고 돈을 기부해 달라고 하였다. 여기까지는 흔히 있는 일이었다. 그런데 이 사람이 승객들의 팔을 주무르며 마사지라며 웃는 것이었다. 나도 그 행위를 당하고 기분이 안 좋았지만 그냥 넘어갔다.

그런데 다시 생각해 보니 이 상황은 나만 참는다고 될 문제가 아니었다. 나는 참는다고 해도 승객들 중 누구라도 성추행으로 신고할 수 있는 상황이고 그런 상황이 된다면 이 사람은 감옥까지 가야 하는 것이었다. 이 상황에 내가 어떻게 해야 할지 생각을 해 봤다.

일단 내가 어른이 되어 초등학교 교사가 되면 오후에는 시간이 많으니까 장애인 센터에 가서 삶을 살아갈 때 조심해야 할 점에 대해 교육해야겠다는 생각이 들었다. 또 내가 가르치는 아이들에게도 장애인에 대한 바람직한 인식을 심어주며, 우리 반 학생 중 장애인이 있다면 그 아이를 편애하기보다 다른 아이들과 똑같이 혼낼 것은 혼내며 훗날에 정상적인 삶을 살 수 있도록 돕고, 경제적으로도 그 사람들이 적당한 직업을 가질 수 있도록 지원해야겠다는 생각이 들었다. 장애인들은 자기가 원해서 그런 시련을 겪는 것이 아니며 그들의 노력으로 극복하지 못하는 일반인과의 차이가 분명히 존재하기 때문에 우리가 그들을 평등하게 대해 주며 정상적인 삶을 살 수 있도록 도와줘야 한다고 생각한다.

두 번째로 내가 경험한 일을 소개해 보겠다. 바로 가정 폭력 문제이다. 어느 수요일, 어김없이 봉사하러 지역아동센터에 가고 있었는데 길가에서 가정폭력 당하는 50대 정도의 여성을 보았다. 처음에 남편으로 보이는 사람이 때리는 듯한 손동작을 하기에 당연히 장난일 줄 알았는데 진짜였다. 그 남자는 여자를 손으로 때리고 패대기치며 엄청나게 때렸다. 그런데 정작 나는 그 앞을 지나가면서 아무것도 할 수 없었다. 심장이 벌렁거리고 너무 무서워서 신고를 해야 하나 몇 번을 고민하다가 내 자신을 합리화시키며 그냥 얼른 지나가 버렸다. 그런 아무것도 못하는 무력한 내 자신이 너무 미웠다.

집에 돌아가 할머니의 의견을 여쭤보니 요즘은 세상이 흉흉해 그런데 끼어들었다가는 내가 피해 본다는 말씀을 해주셨다. 맞는 말이지만, 진짜 그러기에는 그 피해자들이 너무 불쌍하고 안타까웠다. 이런 방관자들 사이에서 계속 폭력을 당하고 있을 것이기에.

그래서 나는 그때 어른이 되면 '가정폭력 피해 여성 보호소'를 세우겠다는 다짐을 했다. 피해 보호소를 세워 그들이 가정 폭력으로부터 벗어나도록 도울 것이다. 물론 겁 많은 나로서 힘든 생활이 될 것이다. 그러나 세상에 많은 피해자들이 고통받지 않게 된다면 값진 일 아니겠는가. 이곳에서는 가정폭력으로 인한 이혼 상담도 해주고, 경찰서와 연합하여 경찰서에 접근 금지를 신청하는 일을 쉽게 할 수 있도록 도울 것이다. 또 미래에는 더 좋은 가정폭력 해결 법안이 나오겠지.

나는 지금 40살. 예전의 계획이 어떻게 실현되어 가고 있는지에 대해 글을 쓰고 있다. 나는 24살 때 교사가 되었고, 어느 정도 자리를 잡은 후 30살부터 장애인 센터에 가서 그들이 살아가면서 조심해야 할 점에 대해 강의를 하고 있다. 또, 매년 내가 맡은 아이들만큼은 장애인에 대해 차별적 시선을 버리고 다른 친구들과 똑같이 바라보도록 인식 개선을 위한 교육을 하고 있다. 현재 우리 반에도 장애인 친구가 있는데 우리 반 아이들은 그 친구가 작은 일이라도 혼자 힘으로 할 수 있게 도와주며 그 아이와 함께 어울려 잘 지낸다. 또 매달 3만 원씩 빠듯하지만 내가 강의하러 가는 장애인 센터에 기부를 하여 그 사람들이 직업교육을 받을 수 있도록 돕고 있다.

2039년 6월 6일

내 인생의 매우 중요한 일이 이루어졌다!!

드디어 마음 맞는 사람들 몇 명과 '가정폭력 피해 여성 보호소' 사무실을 차렸다. 20년이 넘는 세월이 지나며 가정폭력 피해자를 돕는 많은 방안이 나왔다. 덕분에 나의 계획을 이루기가 더 수월해졌다. 나는 앞으로 여기서 가정폭력 피해자를 보호하고 그들이 새 삶을 시작할 수 있도록 노력할 것이다.

2016년 드라마 '시그널'에 나오는 명언이 기억난다.

'포기하지 않으면 미래는 바뀔 수 있다.'

나는 포기하지 않고 내 계획을 이루기 위해 노력했고, 이렇게 오래된 나의 소망은 결국 이뤄졌다.

포기하지 않으면
미래는 바뀔 수 있다.

후기

책쓰기에 이렇게 많은 시간을 들이게 되다니… 처음 자서전을 쓴다고 했을 때는 작품에 애정이 별로 없었다. 그러나 학교 대표, 정식출판 등 나에게 책임이 주어지자, 이왕 쓰는 거 제대로 한번 써보자는 생각이 들며 밤을 새가며 내가 평소에 보고 듣고 느낀 점을 떠올려 나만의 이야기를 만들어갔다. 많이 피곤했지만, 어른이 되어서 시간적 여유가 있을 때 한 번 더 해보고 싶은 생각이 들 정도로 좋은 기억이 되었다.

과실(過失)은 예찬할 것이 아니요, 장려할 노릇도 못 된다. 그러나 그와 동시에 과실이 인생의 '올 마이너스'일 까닭도 없다. 과실로 해서 더 커가고 깊어가는 인격이 있다. 과실로 해서 더 정화되고 향기로워지는 사랑이 있다. 생활이 있다. 누구나 할 수 있는 노릇은 아니다. 어느 과실에도 적용된다는 것은 아니다. 제 과실, 제 상처를 제 힘으로 다스릴 수 있는 비자반의 탄력. 그 탄력만이 과실을 효용한다.

이 김소운의 '특급품'의 글처럼, 나는 부족한 점을 딛고 일어날 수 있는 힘을 가짐으로써 더 성장하고 깊은 인격을 가지는 사람이 되고 싶다. 더불어, 타인의 과실에 대해 너그러운 사람이 되고 싶다. 교사가 되어서도, 아이들이 실수를 너무 크게 생각하여 좌절할 때 실수는 아무것도 아니라고 말하며 그 실수를 발판삼아 그 아이가 더 성장할 수 있도록 도와주고 싶다.

내가 끄적이는 나

WRITING / PHOTO . 이 승 희

항상 나와 함께인 귀여운 아기 곰 푸우

이 승 희

같은 것보다는 다른 것이 좋고
격식보다는 솔직한 것이 좋고
일상보다는 모험이 좋지만
항상 용기가 없어 행동하지 못한다.

나를 끄적임으로써,
그런 용기를 얻고 싶다.

기분 나쁜 아이

문학C 시간이었다.

왜 A도 B도 아닌 C냐면, 문학A와 B는 교과서 문학을 배우는 시간이고, 문학C는 책쓰기를 배우는 시간이다. 고등학교 2학년이 되어서 갑자기 왜 생긴지는 모르겠지만⋯. 아무튼 가만히 앉아서 상상 속 다른 세계에 갔다 올 수 있는 여느 시간과는 다르다. 내 스스로 뭔가를 끄적여야 하니까.

나는 원래 잡생각이나 이상한 상상을 많이 한다. 가령, 아침에 눈을 뜨니 호그와트 마법학교 입학허가 편지가 내 이름 앞으로 와있다든가, 인간이 아닌 예쁜 미소년과 사랑에 빠진다든가 하는 것들 말이다.

아무래도 현실보다는 이쪽이 낭만적이다.

그런 나에게 문학C 시간은, 모든 환상들이 배제된 채, 현실의 나를 마주해야만 하는 시간이다.

요샌 나의 과거나 미래에 대한 글을 쓰는데, 나중엔 이것들로 자서전을 쓸 거란다. 그런데 나의 삶은 자서전같이 거창한 것과는 별로 어울리지 않는다. 뭐 대충 쓰다 보면 어설픈 작품 하나쯤 완성될 것이다. 잘 쓰고 못 쓰고 관계 없이 양식에 맞춰 쓰기만 하면 점수를 주겠다고 했으니, 아무래도 좋다.

오늘은 미래에 대한 글을 하나 써야 한다. 내 꿈을 이뤘다고 가정하고 써야 하나 보다. 당연히, 초등학교 1학년 때부터 내 꿈은 '선생님'이었다. 어렸을 적이라면 누구나 그렇듯이 어떤 날은 의사가, 어떤 날은 피아니스트가 되기도 하였지만, 결국 나는 선생님으로 돌아왔다.

내 마음속 촛불의 환하고 따뜻한 불은 자연 바람에 꺼질까 말까 했지만 결코 꺼지지는 않았다. 작은 불씨라도 남아 있었던 것이다.

하지만 요즈음은 누군가 내 촛불을 '후' 하고 불어버린 것만 같다. 문을 열고 들어서면 이미 식어버린 촛불과 깜깜한 어둠이 나를 맞이할까 무서워 열어보지도 못하고 있다.

하나뿐인 촛불이 꺼져버린 방은 아무것도 보이지 않아 발 하나 내딛기도 무섭다.

근데 지금 와서 내 촛불이 어떻든 그게 무슨 상관인가. 나는 그저 아름답고 기분 좋은 글만 써내면 된다.

학교란 그런 곳이다.

기분 좋고, 행복하고, 와자지껄 웃음이 가득한 곳.

그러곤 글을 써 내려갔다.

붉은 코랄 빛의 연한 립스틱을 바르고 숄더백을 메고 집을 나선다. 오늘은 잠도 푹 잤고 화장도 잘 됐다. 하늘도 내 기분을 아는지 구름 한 점 없이 맑다. 어제까지만 해도 겨울 날씨였는데 새 학기를 맞이하는 학생들을 맞이하듯 날씨가 꽤나 풀려 적당히 선선하다. 폰으로 오늘의 날씨를 확인해 봤더니, 해 그림이 있고 미세 먼지 농도도 '좋음'이다.

발을 내디딜 때마다 무릎에 치마가 닿는 느낌이 어색하다. 고등학교 이후로는 무릎이 닿는 치마를 입은 적이 없다. 뭐 요즘 시대에 선생님이라고 꼭 단정하게 입어야 하고 화장이 연해야 하는 것은 아니지만, 내가 꿈꾸던 선생님은 그런 모습이었다.

어느 정도 걸었을까. 폰 화면이 나에게 7시 45분이라고 알려주고 있다. 이제 반만 더 가면 학교에 도착한다. 사실 이 학교에 부임되었다는 것을 알고 나서 학교에서 몇 번 와봤었다. 길치인지는 모르겠지만 내가 한 번 갔던 길을 바로 기억하지 못하기에 미리 연습을 해 본 것이다.

8시쯤 도착하겠구나. 나 때만 해도 경기도 지역만 9시 등교였는데, 이제는 9시 등교가 전국화 되었다. 30분 정도 늦게 나서도 충분하지만, 내 첫 제자들을 맞이하는 첫날이니까 일찍 집을 나섰다. 내 첫 제자가 될 아이들을 만날 생각에 두렵고 떨리기도 하지만, 가슴이 벅차 오르는 기분과 함께 설렘이 온다.

꽤 오랫동안 고민한 마지막 문장이 썩 맘에 들지는 않지만, 이 정도면 아주 무난하게 괜찮은 것 같다. 이제 조원들끼리 글을 바꿔 읽고, '최우수'인 글을 하나 정해야 한다. '최우수작'은 다음 문학C 시간에 발표를 해야 한다.

선생님이 꿈이라는 사람이 이렇다는 게 우습겠지만, 나는 발표가 두렵다. 주목이 두렵다. 내가 발표하는 순간만큼은, 30명의 얼굴, 60개의 눈동자가 나를 바라보며, 나의 목소리, 나의 외모를 보며 나를 인식하고 평가할 것이다. 나는 그게 두렵다. 그래서 내 활동지에 '최우수'라는 글자가 적히는 것만큼은 어떻게든 피하고 싶었다.

그런데 그렇게 돼버렸다.

어느새 다음 문학C 시간이 되었다.

교탁 앞에 서서, 시선은 손에 들린 종이쪽으로 내리깔고, 내가 쓴 글에 목소리를 부여했다. 그것은 글을 읽는 것보다 마치 남이 쓴 교과서 지문을 읽는 듯했다. 나는 글이 아니라 글자 하나하나를 읊고 있었다. 게다가 떨리는 목소리까지, 하나도 안 예쁘다.

조금 흐릿한 목소리로 마지막 문장을 읊고, 고개를 들어 선생님의 얼굴을 보았다.

강미자 선생님은 마치 지금까지 아무의 인적도 닿지 않았던 작은 섬 하나를 발견한 듯한 표정을 지으며 말했다. 나만의 착각일지도 모르겠지만.

"…너무 잘 했어요. 막 그 장면이 상상되고, 다음에 발표할 친구가 부담되겠는데? 여러분도 이렇게 장면을 자세하게 적어야 해요. 알겠죠?"

내가 누군가의 모범이 되다니. 그건 지금까지 있을 수 없는 일이었다.

나는 성적은 중간 이상이지만 딱히 수업 시간에 열심히 듣는 아이도 아니고, 성적이 진짜 상위권이었던 중학교 때는 지금보다 더 심하게 수업을 듣지 않았다. 수업 듣기를 격렬하게 거부했던 것은 아니고, 잠이 많아 주로 졸거나 잤다. 사실 눈을 뜨고 있어도 정신은 딴 곳에 가 있던 적이 많다.

지금 생각해 보면 중학교 때 그렇게 악착같이 점수를 잘 받을 필요도 없었는데, 그것만이 내가 떳떳할 수 있는 이유였다. 내가 자꾸만 잔다고 나무라는 선생님들에게 '그래도 시험은 잘 치잖아?' 라며 당당하고 싶었다. 모두들 날 대단하게 여겼고, 나는 높은 성적을 받지 못하는 아이들을 속으로 깔봤다. 나쁜 우월감이었다.

고등학생이 되어 많이 떨어진 성적 탓에, 나는 누구 위에도 설 수 없게 되었다. 여태껏 나의 재능은 높은 성적밖에 없었다. 잠깐 피아노를 치고 싶었지만 재능도 돈도 없는 나에겐 통행 금지된 길이었다. 이제 내가 떳떳할 수 있는 이유는 아무것도 없다.

그렇게 보잘것없는 내가 쓴 글이 누군가의 모범이 되었다. 선생님에게 그런 표정을 받아본 것도 난생 처음이었다. 내가 지금까지 봐왔던 선생들의 표정은 '공부만 잘하고 예의는 없는 기분 나쁜 아이' 를 바라보는 표정, 성적이 떨어지고 나서는, 그저 넌 30명 중에 '있어도 그만 없어도 그만인 1명' 이라는 무관심한 표정, 그뿐이었다.

이런 기분을 뭐라고 하지? 선생님에겐 이제 기억도 안 날 수많은 칭찬 중에 하나겠지만, 그 말을 들은 내 기분은 정말이지 최고였다.

내가 생각하고 또 생각해서 마침내 손으로 끄적이고, 그렇게 빈 종이를 채워나간 나의 글씨, 그 글씨가 이토록 대단한 것이었나?

윤리와 사상에서 100점을 맞았을 때도, 어려웠던 법과정치 시험에서 전교 4등을 했을 때도, 국어 100점이 전교에 4명밖에 없었을 때 그 4명 중 하나가 나였을 때도, 중학교 때 70점대였던 수학 성적을 한번에 97점으로 올렸을 때도, 국어, 영어를 1년 내내 100점 맞았을 때도, 그런 시시콜콜한 뿌듯함 속에서는 전혀 느껴보지 못했던 기분….

나는 처음으로 '세상에 필요한 아이' 라는 느낌이 들었다.

사과와 비타민

문학B 시간이었다. 문학B 선생님은 남자 선생님인데 항상 숙제를 낸다. 한 작품을 배우고, 교과서 문제는 숙제로 내고, 다음 시간에는 그 숙제를 발표하는 데에만 한 시간을 다 쓴다. 그래서 정말 귀찮다. 의의야 좋지만 나는 강의식 수업이 익숙하고 편하다. 새롭고 유익한 것은 불편하고 귀찮다.

선생님이 될 사람으로서 하면 안 되는 생각을 해버렸다. 그래도 내가 선생님이 된다면 다를 거라는 막연한 신뢰가 있다. 나는 분명 좋은 선생님이 될 수 있을 거다. 어디서부터 솟구치는 자신감인지는 모르겠지만, 그냥 그런 기분이 든다.

나는 보통 선생님들과 달리 아이들을 한 명 한 명 신경써 주고, 힘든 아이들을 도와줄 테다. 존경과 예의도 강요하지 않을 거다. 아이든 선생님이든 동등한 인격체이기에, 결코 무례하게 굴지 않을 것이다. 내가 원하는 것은 아름다운 꽃밭이 아니라 알록달록한 팔레트다. 줄곧 그렇게 꿈꿔 왔다.

그럼에도 마음 한 켠에 찔려오는 구석은 있었다.

나도 결국 똑같은 사람이 되면 어쩌지? 자라면서 그 생각은 더욱 커져 내 머리를 지배했다.

줄곧 구름 위에 예쁜 성을 지을 수 있다고 믿고 싶었다. 정작 나는 그 위에 발을 내디딜 용기조차 없으면서. 결국 공허한 사명감이었다.

생각이란 건 참으로 단순해서, 세상 밖으로 나올수록 더욱 강해지는 법이다.

내가 좋아하는 아이가 생겼을 때, 혼자서만 짝사랑하기보다, 친구에게 털어놓으면 그 마음이 더욱 강해지는 것처럼 말이다.

그래서 나는 애써 외면하며 살고 있었다.

'나의 꿈은 선생님이 되는 것입니다.'

요즈음은 그 말을 입 밖으로 내뱉는 아이들을 보며, 저 아이는 저 말을 나에게서 훔쳐간 것이 아닐까 하는 생각이 든다. 심지어는, 저 아이도 결국은 똑같겠지 하는 생각까지 든다. 아니, 그래야 한다. 나의 비겁함을 증명하고 싶지는 않다.

그러니까 세상은 비겁해야만 한다. 그래야 나는 '비겁한 사람'이 아니고 남들과 똑같은 '보통 사람'이 된다. 그런 세상 속에서 정당성을 찾는 것이다.

나는 정말 제멋대로인데다 이기적이고 나약한 사람이다. 역시 이렇게 말로 하니까 더 슬퍼진다. 나도 달라지고 싶다. 파란 하늘 위 닿지 않는 구름 말고, 눈앞의 솜사탕을 쥐어보고 싶다. 비록 손이 좀 찌덕찌덕 해지더라도 말이다.

오늘 문학B 시간에는 저번 시간에 배웠던 김춘수의 '꽃'에 대한 교과서 문제를 풀어 와야 했었다. 내가 그것을 푸는 시간은 하루 전날도 아니고 당일 아침도 아니고 수업 전 쉬는 시간 10분간이다. 그런데 오늘은 조금 어려운 문제가 있었다. 바로 '꽃'을 패러디해서 시를 하나 지으라는 것이다. 이런 게 정말 제일 싫다.

'…에 대한 나의 생각을 적어보자.'와 같이 스스로 해야 하는 것들. 그 어디에도 답이 없는 것들. 나는 고심해서 시를 하나 지어냈다.

그가 사과를 깨물기 전에는
그것은 다만
하나의 사과에 지나지 않았다.

그가 단단한 사과를 깨물었을 때
사과는 그에게로 가서
비타민이 되었다.

그가 사과를 베어 문 것처럼
누가 와서 나의 단단한 마음을 깨물어다오.

그에게로 가서 나도

그의 메마른 마음을 채워줄 비타민이 되고 싶다.

오글거리고 유치하다. 게다가 사과와 비타민이라니, 너무 진부하다. 이런 생각은 초등학생도 할 것이다.

발표는 대개 오늘 날짜인 번호의 아이나 숙제를 안 해온 아이가 한다. 근데 오늘은 모두 숙제를 해 왔다. 더욱더 불안해진 나는 오늘 날짜를 보기 위해 고개를 들어 벽걸이 달력을 보았다. 나의 번호는 20번이고… 오늘은 20일이다. 그리고 이 문제는 첫 번째 문제였다. 망했다.

"오늘 20일이지? 20번 일어나세요."

왠지 문학B 수업은 10일 아니면 20일에 들었던 적이 많아서 지금까지도 발표를 많이 해왔었다. 답을 제대로 맞힌 적은 딱히 없다. 그래서 이 시간에 하는 발표가 더 싫다.

하지만 오늘은 답이 없는 문제니까 적어도 틀릴 일은 없다.

나는 또 교과서 지문을 읽듯이 글자들을 읊었다. 그런데 시를 읊던 도중에 놀라운 일이 일어났다.

"이야~"

탄성을 뱉는 선생님의 표정은, 마치 저번에 강미자 선생님에게서 봤던 그 표정과도 같았다.

시를 다 읊고 나자 선생님은 말을 이었다.

"아주 잘 썼죠? 비유가 딱 와 닿고 좋아요."

이제는 확실히 착각이 아닌 거 같다는 생각이 들었다.

손에 성냥을 들고 내 마음의 방에 가 보고 싶다.

하지만 이내 그만두었다. 새로운 도전은 언제나 위험하니까. 인생에 있어서만큼은 곡선 그래프보다 축 그래프가 좋은 법이다. 변화는 무척이나 유혹적이지만 또 위험하다.

깜짝 놀라다

됐다. 다 썼다. 이거 하나 완성하려고 몇 날 며칠을 고생했던가. 자서전 말이다. 문학C 수업 시간마다 컴퓨터실에 내려가서 쓰긴 했지만, 아니, 사실 나는 잘 쓰지 않았다.

옆에서도 뒤에서도 내 컴퓨터 화면을 볼 수 있는 그런 곳에서 글을 쓰는 게 싫었다. 아무도 관심 없다는 거 알지만, 그래도 마음 편하게 집에서 쓰고 싶었다. 그래놓곤 집에 와서도 제대로 되지 않았고 미루고 미루다 제출 기간이 다 되어서야 제대로 쓰기 시작했다.

너무 힘들었다. 내가 매년 신청하는 삼성장학금 덕택에 긴 글 쓰는 데에는 나름 일가견이 있다고 생각했는데, 오산이었다.

어떤 나무들을 심어야 아름다운 숲이 될까. 수많은 나무 종자들 중에 예쁜 것들만 엄선하는 것도 힘들었지만, 단단한 흙을 파고 나무들이 흔들리지 않도록 잘 심어주는 것도 무척이나 힘들었다.

선생님 이메일로 완성본을 보냈다.

마음 같아선 빨리 선생님한테 내 글 읽어보라고 전화라도 하고 싶다. 그러기엔 선생님 번호도 없지만. 그런데, 글을 완성하면 한없이 뿌듯할 줄만 알았는데… 무언가 마음속 찝찝함이 남아 있다. 글은 충분히 검토도 마쳤다.

기분 탓이려니 하고 벽걸이 달력으로 시선을 옮겼다. 기말고사 시험이 일주일 앞으로 다가왔다.

망할.

흰색 폴더 폰을 열어 시간을 확인했다. 8시 1분이다. 이미 늦긴 했지만 아직 담임 선생님이 안 왔을지도 모른다.

헉헉대며 계단을 두 칸씩 뛰어넘어 올라가는데 앞에 선생님이 뒤를 돌아보았다. 강미자 선생님이었다.

선생님의 얼굴을 보자마자 한 가지 생각이 들었다.

'내 글을 보았을까?'

내 마음속 질문을 읽기라도 한 듯 선생님이 대답했다.

"어, 승희야. 어제 보낸 글 보고 깜짝 놀랐다."

선생님의 얼굴에는 기분 좋은 미소가 띄었다. 그러곤 이내 교무실 쪽으로 사라졌다.

놀랐다고 했다. 그냥도 아니고 '깜짝' 놀랐다고 했다.

이건 엄청나다.

'4F' 글씨가 보인다. 4층에 다 왔다. 1분 뒤에 나의 벌 청소가 있을 것이다. 하지만 이제 청소 따위 아무래도 좋다.

숨을 고르며 반으로 돌아가며 생각했다.

'역시 아름다운 숲이었던 거야.'

발가락은 어느 쪽으로?

"이게 주제니까 형광펜으로 칠하세요."

내 분홍색 미피 형광펜의 뚜껑은 굳게 닫혀 있었다.

영어 수능특강 책은 그저 책 아래의 책으로 깔려 있는 신세였다.

나는 제제와 만나고 있었다.

설명하자면, 제제와의 첫 만남은 그리 특별치 않았다. 2학기부터는 문학C 시간에 책 읽기를 한다고 해서 학교 도서관에 내려가 고른 책이다. 조금 초등학생 권장도서 느낌이긴 하지만… 나는 이런 게 좋다. 내가 순수한 사람이라 그렇다기보단, 어린 아이로 남고 싶은 징그러운 어른의 응석일 것이다.

제제는 오늘 그의 비밀 친구 뽀르뚜가를 잃었다. 모두에게, 심지어는 하느님에게까지 미움받는 장난꾸러기 제제에게는 그의 나무 밍기뉴를 제외하고는 유일한 친구였다. 친구라기엔 나이 차이가 30살 이상 나지만. 어쨌든 친구는 친구다.

제제는 자신이 크리스마스 선물을 못 받는 것도, 공짜로 장난감을 얻기 위해 1시간 넘게 걸어간 곳에서 텅 빈 트럭과 실망스러운 동생의 표정을 보아야 하는 것도, 누나에게 슬리퍼로 등짝을 쳐맞고, 아빠에게 벨트로 맞는 것도, 동네 사람들 모두가 자기를 미워하는 것도, 다 자기 안에 아기 악마가 살기 때문이라는 것이다.

하지만 내가 보기에 제제는 너무 사랑스러운 악마다.

내가 제제의 뽀르뚜가, 밍기뉴, 슈르르까('나의 라임오렌지나무'에서 제제가 그의 라임오렌지 나무 밍기뉴를 부르는 애칭)가 되어주고 싶다. 아니, '되어주는' 것이 아니다. 이건 순전히 내 마음이니까.

나도 제제와 비밀 친구를 하고 싶다.

생각해 보면, 제제가 날 안 좋아할지도 모르는 일이었다.

* * *

문학C 수업 목표는 한 달에 책 한 권 다 읽기였는데, 수업 시작하고도 2주가 지난 나는 어느새 두 번째 책 '다리 건너 저편에' 까지 다 읽어버렸다. 사실 나의 라임오렌지나무 다음 편인 '햇빛사냥' 을 읽으려 했는데, 그게 학교 도서관에 없어서 다른 책을 고를 수밖에 없었다. 그렇지만 이번 책도 내 취향이었다.

역사 과목에 젬병인 나로서는 어느 시대인지 어느 나라인지 잘 기억은 안 나지만 전쟁 중인 서양 나라 배경이었다. 14살 거지 '마니' 와 전쟁 때문에 정신분열증을 앓고 있는 군인 장교 '로버트' 가 서로를 만나게 되는 이야기다. 둘은 나의 라임오렌지나무의 제제와 그의 늙은 친구 뽀르뚜가처럼 각별한 사이는 아니지만, 분명히 서로에게 있어서 무언가가 되어주고 있었다.

나에게도 그런 무언가가 와 줬으면.
나도 누군가의 무언가가 될 수 있다면.

나에겐 비밀 친구라던가 하는 어떠한 특별한 것도 없다. 그래서 더욱 환상을 꿈꾸고, 상상 속 세계에 빠져드는 것일지도 모르겠다. 지금 나의 솔직한 심정으로는, 그것이 나쁜 일이라도 괜찮으니 새로운 것을 원한다. 변화를 원한다.

'29살 생일, 1년 후 죽기로 결심하다' 에서 아마리는 기적을 바란다면 발가락부터 움직이라고 했는데, 대체 어느 쪽으로? 그건 아무도 나에게 알려주지 않았다.

이런 모든 것들은 책이나 영화 속 '주인공' 들에게만 주어지는 특별한 선물일 터이다.

백일장

칠판에 못 보던 종이가 붙어 있다.

'백일장 주제 안내'

나는 자리로 가려던 발걸음을 멈춰서 종이를 올려다보았다. 많은 주제들이 적혀져 있었지만 내 시선이 멈춘 곳은 단 한 곳이었다.

'인공지능은 인간에게 행복을 가져다줄까?'

구미가 당겼다. 실은 얼마 전에 인공지능 관련 중국 드라마를 한 편 봐서 말이다. 제목은 '파인딩 소울'이다. 미래에 자의식을 가진 인간 모습의 인공지능이 생기는데, 그로부터 생기는 사람들 그리고 인공지능의 상처에 관한 내용이다.

원래 중국 드라마를 보는 건 아니고 요새 중국 아이돌 TFBOYS(2013년 데뷔 후 중국 최고의 인기를 누리고 있는 3인조 보이 그룹)에 관심이 생겼는데, 걔네가 주연이길래 봤다. 근데 보다 보니 생각보다 너무 재밌더라는 거다. 단순 재미뿐만 아니라 생각할 거리도 주고 전체적인 스토리가 좋았다.

"승희, 백일장 나가게?" 우리 반 유정이다.

"아, 아니…. 그냥."

"왜, 잘 할 거 같은데."

방금까지 고민하고 있었으면서 부정하는 건 또 뭔가.

나는 말 없이 웃고는 왠지 뺄쭘해져 자리로 돌아와 빨간 표지의 '나미야 잡화점의 기적'을 펼쳤다.

* * *

집에 들어서니 다시 백일장이 떠올랐다.

'신청하고 올 걸 그랬나'

신청 기간이 언제까지인지, 대회는 언제인지, 나는 아무것도 모르고 있었다. 분명 방송을 여러 번 했는데, 당시에는 관심이 없어서 한 귀로 듣고 한 귀로 흘렸다. 그리고 내일은 토요일이다. 방송한 지는 꽤 됐기 때문에 신청은 오늘 아니면 월요일까지일 거라는 확신이 들었다.

삼성 장학금('삼성꿈장학금'은 신청할 때 멘토 선생님 한 명이 있어야 함.) 받는 일 때문에 그나마 친분이 있는 영어 선생님한테 문자를 보내려다 잠시 멈칫했다.

'괜한 짓일까?'

하지만 나보다 결단을 먼저 내린 손가락이 폴더폰 타자를 꾹꾹 누르고 있었다.

'쌤 혹시 백일장이 언제인가요?'

폰을 책상 위에 올려두고 제발 신청 기간이 월요일까지여라 하며 기다리고 있으니, 지잉하는 진동 소리와 함께 문자가 왔다. 아니, 기다렸다는 표현은 이상하다. 저 생각을 함과 동시에 문자가 왔으니 말이다.

나는 신청 기간이 '오늘까지' 아니면 '월요일까지'일 거라 생각했는데, 선생님의 답은 '모른다'였다.

이제 별 수 없다. 월요일에 학교를 가봐야 알 노릇이다.

* * *

아이들이 필통을 챙기는 모습이 보인다. 백일장 대회는 아마 교무실 옆 자습실에서 하나 보다.

나는 학교에 오면서 백일장 신청 기간 물어보기를 관두기로 했다. 역시 괜한 짓이란 생각이 들어서였다.

잘된 일이다. 어차피 오늘이 백일장이었다.

그런데 왜지?

마음 깊은 속부터 알 수 없는 억울함이 요동치며 화가 났다. 마치 저 자리는 오래전부터 나를 위한 자리였는데 누군가가 뺏어가는 것만 같은 기분이 들었다.

왜 이제야 관심을 가졌을까. 때는 이미 늦어버렸다.

뭐든지 미련하고 느려터진 나에게 화가 났다.

갑자기 인공지능에 관한 글을 써서 모두가 볼 수 있게 이곳저곳에 붙여놓고 싶다는 충동이 들었다. 이상한 기분이었다. 자서전을 완성하고도 기분이 찝찝했던 이유가 여기 있었다.

글을 쓰고 싶어.

이미 내 손에는 성냥이 들려 있었다.

겁쟁이

"……2반 이승희…는 이번 교시 마치고 수석 교사실로 내려와 주시기 바랍니다."

학교 방송에서 내 이름이 불리다니? 난생 처음이었다.

같이 이름이 불리는 아이들 중에 공부 꽤나 잘 한다고 유명한 아이들이 있는 것 보니 분명 좋은 거다 하고 안심을 했다.

한편으로는 이런 걸로 안심을 하는 내가 조금 미웠다.

그런데 아마… 자서전 관련 일이 아닐까?

아무리 생각해 봐도 다른 이유로 내가 이름이 불릴 일은 없었다.

* * *

교문에 도착하니 8시 1분이었다. 또 지각이다. 어차피 늦었다는 생각이 들어 천천히 엘리베이터 쪽으로 걸어갔다. 역시나 사람이 많았다. 그럴 만도 하다. 나도 4층이나 되는 계단 오르기는 끔찍하리만큼 싫다. 개중에는 5층이나 6층으로 가야 하는 아이들도 있을 것이다.

엘리베이터 층수 전광판 쪽으로 고개를 들었다. 전광판을 본다고 더 빨리 내려오는 것도 아닌데, 엘리베이터 앞에만 서면 의미 없이 하는 짓이다. 뒤를 돌아보니 도연이가 있었다.

"어."

뭔가 조금 어색했다.

이유야 뻔했다.

중학교 1학년 때, 아니 2학년 때까지만 해도 도연이와 나는 절친이었다. 나는 7반이었고, 도연이는 8반이었다. 반 친구 수연이가 도연이와 아는 사이어서 조금씩 접점이 생기던 것이, 서로 말도 잘 통하고, 개그 코드도 잘 맞고 해서 어느 샌가 할 말 못할 말 다 하는 친구가 되었다.

나도 궁금하다.

싸운 것도 아닌데 언제부턴가 집에 매일 같이 가던 우리는 따로 가게 되었고, 인사나 하는 사이가 되었다. 그렇다고 껄끄러운 사이가 된 것은 아니지만, 복도에서 마주칠 때마다 인사는 하면서도 무언가 마음속 찝찝함을 떨쳐낼 수가 없었다.

그런데 이번에 자서전 대회로 다시 만나게 되었다. 전교에서 자서전 잘 적은 아이 12명을 뽑아 다시 한 권의 책으로 엮어 전국 대회에 나가는 모양이다.

처음 수석 교사실 문을 열고 들어섰을 때, 도연이 얼굴이 보여서 조금 놀랐다. 내가 알던 도연이는… 아무튼 책과 친한 아이는 아니었다.

다음 날 정보 시간에 같이 대회에 나가는 다른 아이들 글을 읽기 위해 카페에 들어갔다. 제일 먼저 도연이 글부터 찾았다. 솔직히 말해서, 기대는 안 했다. 나는 아직도 남을 깔보는 습관을 못 버렸나 보다.

글은 역시나 도연이다웠다.

그런데 생각보다 글이 좋았다. 아니 기대치를 낮추고 보지 않아도, 충분히 좋은 글이었다. 막 수준이 높은 글은 아니었지만, 재밌었다. 술술 읽혔다. 그 장면, 도연이의 표정과 행동, 모두 상상할 수 있었다.

재치가 있었다. 하긴 도연이는 중학교 때부터 재밌긴 했다. 그 점이 좋았으니까.

"나 어제 니 글 읽었다." 도연이가 말했다.

내 글에 대한 평가가 무서워 재빨리 말을 이어나갔다.

"나도 니 글 읽었다. 근데 일이 이렇게 커질 줄 몰랐는데."

"맞음 맞음. 나는 그냥 아무 생각 없이 막 적었는데." 도연이가 영혼 없이 글을 적는 시늉을 했다. 웃겼다. 역시 여전했다.

"다른 애들 것도 다 읽었나?"

"아니, 다는 못 읽고."

나도 마찬가지였다. 어느새 교실이 보였다. 나는 2반이어서 먼저 들어가고, 도연이도 역시 자기 반인 1반으로 향했다. 또 옆반이었다.

생각해 보니, 우리는 작년에도 옆반이었다. 전혀 멀지 않았다.

회의를 마치고, 수석 교사실 문을 열고 나왔다. 복도는 제법 쌀쌀했다. 아이들이 엉키고 엉켰지만, 나는 자연스레 도연이와 나란히 걷게 되었다. 눈앞에 계단이다. 또 자연스레 도연이 팔을 잡았다. 편했다. 옛날 그 느낌 그대로였다. 그렇게 도연이를 지탱하고 올라갔다. 팔을 잡은 오른손에서부터 갑자기 용기가 솟구쳤다.

"니 내 글 읽었잖아. 어땠음?"

"어…."

도연이가 말을 하려는데 또 겁이 나서 말을 잘랐다.

"재밌었나?"

"어, 그리고 사람은 역시 책을 읽어야 된다… 뭐 이런 거."

나는 싱긋 웃었다.

겁낼 필요 없었던 것이다.

그리고 조금 뜨끔했다. 나는 요즈음 들어서야 책 읽기가 재밌어졌지, 그 전까지는 말 그대로 손도 안 댔다. 초등학교 저학년 때 엄마가 빌려다 줘서 읽은 책들, 6학년 때 읽었던 해리포터 시리즈. 그 이후로는 1년에 한 권도 안 읽었다.

"내 글은? 평가해 봐."

아차. 생각지도 못한 변수였다.

"어… 나는… 네가 좀 글 같은 거…, 책 같은 거 별로 안 좋아하잖아. 근데 생각보다 꽤 잘 적었고…, 되게 웃기고 재밌었다."

말을 이상하게 했다. 더 기분 좋은 칭찬을 할 수도 있었을 텐데. 하지만 도연이는 내 성격을 잘 아니까, 낯간지러운 말 못 하는 내 성격에 이 정도면 엄청난 칭찬이었다는 거 잘 알 거다.

* * *

하나도 집중을 하지 못했던 윤리 수업이었다. 그래도 다음 시간은 문학C 시간이니까. 전에도 말했지만 요즈음 문학C 시간은 책 읽기 시간이다.

선생님이 들어오셨다.

'나미야 잡화점의 기적'을 펼쳤다. 시작은 266페이지였다. 그런데 글이 머릿속에 들어오지 않고 자꾸만 눈앞에서 아른거리기만 했다. 왜 이러지…. 자꾸 한 가지 생각만 떠올랐다. 빨리 집에 가고 싶어. 가자마자 엄마한테 노트북을 빌려 글을 써야지. 사실은 원래 썼던 자서전을 수정하라고 했는데, 나는 새로 다시 쓸 참이다. 나는 이제 선생님이 되고 싶지 않다. 정확히는 글을 쓰는 사람이 되고 싶다.

그리고, 그냥 기분이 그렇다.

그때의 나와 지금의 나는 또 다르니까.

지금의 나는 또 미래의 나와 다를 테지만, 일단 나는, 지금의 나를 쓰고 싶다.

이번에는, 엄선된 예쁜 나무 종자 말고, 내가 좋아하는 나무 종자들만, 제멋대로 심을 테다. 언젠간 그 나무들이 자라 숲이 되고, 잘 하면 나그네가 그 밑에서 쉬다 갈 수도 있지 않을까.

화살과 바람

"글이 잘 안 읽혀." 친구가 말했다.

"이 글은 몰입하고 싶지가 않아. 전에 네 글은 사람을 기분 좋게 하는 게 있었는데 이거는 읽으면 기분 나빠."

오빠가 말했다.

"많이 수정해야겠다." 선생님이 말했다.

이번 글은, 처음으로 내 상처를 모두 드러내고 내가 느꼈던 심정과 조금은 이상한 생각들을 솔직하게 쓴 글이었다. 노골적인 정도로 말이다.

금요일 저녁부터 토요일 밤 새벽까지, A4 크기로 26페이지, 책 크기로는 45페이지 정도 되는 긴 글을 적었다. 여느 때보다 재미있었다. 글을 써 내려가는 데도 막힘이 없었고, 밤을 새면서도 피곤함을 느끼지 않았다. 처음으로 내 스스로, 내 멋대로 쓴 글이었다.

그런데 그것은 철저히 '제멋대로' 였다.

나는 사람들이 나의 상처와 생각에 공감해 주진 못하더라도 '이해해 주길' 바랐다. 나는 충분히 설명을 했다고 생각했다. 처음에는 단지 화가 났다.

'왜 모두들 이해하지 못하는 거지?'

끝내는 이런 생각까지 하게 되었다.

'네 이해심이 거기까지인 거겠지.'

나에게 쏟아지는 모든 말들이 나의 한계를 제한해버리는 것만 같았다. 눈물이 났다.

창피하지만 밤새 몰래 울었다. 길거리에서도 눈치 없이 핑 도는 눈물을 애써서 삼켰다. 학교 수업을 들을 때도 그 생각밖에 안 났다. 눈물 고인 모습조차 보이기 싫어 속으로 꾹꾹 삼켰다.

칭찬과 같은 달콤한 말들만 들어왔던 나는 비판과 지적에 익숙하지 못했던 탓일까. 단 한 순간에 와장창 무너져 버린 것이다.

나는 내가 나름 객관적인 사람이라고 생각해 왔다. 근데 나는 주관적 이기주의의 극치였다. 어떻게든 남을 깎아내려선, 그로부터 나의 정당성만 찾으려 했다.

그렇게 안 하면 나는 '틀린' 게 되기 때문이다.

남이 틀려야만 내가 옳은 사람이 되기 때문이다.

나의 틀림을 인정하는 순간, 내가 지금까지 쌓아왔던 모든 것들이 잘못됐다는 것처럼 느껴지기 때문이다.

내가 고수해왔던 것은 지조가 아니고 고집이었다.

'겁쟁이' 라는 말로 나를 포장해선 자신을 동정해 왔지만 나는 그저 이기적인 인간이었던 것이다.

내가 틀릴 수도 있다는 걸, 누구나 아는 얘기를 나는 이제야 깨달았다. 틀린 문제를 다시 봄으로써 다음번 시험에서는 더 나은 점수를 받는 것처럼, 틀린 것을 다시 보고 공부함으로써 내가 더 나아갈 수 있다는 걸.

멍청한 나는, 이제야 배웠다. 누군가를 이해시키고 감동시키기에 내 글은 아직 부족하다는 것. 나는 그저 기계 같은 묘사, 비유, 작문 능력만 좋았다 뿐, 아직 누군가의 마음을 움직일 '무언가' 가 부족했던 거다.

위치 고려도 전혀 하지 않은 채 제멋대로 심은 나무는 서로 엉키고 부딪히며 더 이상 자라날 수가 없다. 그런 엉망진창인 숲에서 어느 누가 쉬었다 가고 싶겠냐는 거다.

지나치는 길로도 만나기 싫을 것이다.

이 사실 하나를 받아들이는 데에 많은 시간이 들었다.

비판과 조언까지도 무서운 비난의 화살처럼만 느껴졌다.그것들은 풍선을 터트려버리는 무서운 화살처럼 보이지만, 사실은 풍선을 더 높은 하늘 위로 둥둥 띄워줄 바람이라는 걸 이제는 알았다.

아직은,

이 추위가 익숙하지 않다.

아직은,

매서운 바람이 무섭다.

그래도 나는, 바람이 익숙해질 때까지 참아 보기로 했다.

* * *

휴대폰 전원을 껐다. 한두 번 거절하면 알아먹을 때도 됐는데, 끝까지 극성이다. 나는 인터뷰할 마음 없다니까 그러네. 정말 요즈음 기자들은 어찌나 무서운지, 내가 얼굴을 잘 숨기고 살아갈 수 있을지 걱정이다. 베스트셀러 작가가 된다는 게 이렇게 피곤한 거였나….

과외 알바를 전진하며 겨우겨우 글쓰기에 매진했던 과거를 생각해 보면, 배부른 한탄이다.

누가 사람은 적응의 동물이랬나, 얼마나 높은 곳에 이르든 사람은 악착같이 힘든 점을 찾아낸다. 참 피곤한 생물이다.

어떻게 보면 그렇게 섬세하고 여린 게 인간이기에, 이렇게 나의 끄적임에 많은 사람이 공감하고 감동받을 수도 있겠다 싶다.

그때가 언제지…. 나는 나이 계산에 능숙치 않아서 말이다. 몇 년생 하면 바로 나이 계산이 되는 사람들 보면 참 신기하단 말이지. 손가락셈을 해보고서야 7년 전이라는 것을 깨달았다.

그래, 7년 전이었다.

그때는 나름 내 글에 대한 심각한 고민을 했었던 적이 있었다. 지금 생각해 보면 우습지만, 그때는 내가 이미 다 큰 어른이라 생각했다. 그래서 누군가에게 의지하는 것은 어른답지 못하다고, 바보처럼 모든 걸 혼자 견디려고 했었다. 밤마다 가족들 몰래 울기도 많이 울었다. 얼마나 약했던가.

지금도 강하다고는 할 수 없지만, 그래도 조금은 무뎌진 편이다. 이제는 바람이 익숙하다. 오히려 그들 모두에게 감사하다. 듣고 싶은 것만 듣고, 보고 싶은 것만 보고는 절대 성장하는 작가가 될 수 없다. 물론 화살은 아직도 조금 아프지만….

지금은 혼자 살기에는 꽤 넓고 쾌적한 주택에 살고 있지만, 그때는 집이 책대여점을 한다는 것에 불만도 많았었다. 가난한 집안 원망도 많이 했고. 무엇보다 힘들었던 것은 자유롭게 울 수 있는 내 방조차 없었던 것.

그렇게 가족들을 힘들게 했던 내가 이렇게 일찍 엄마, 아빠가 아직 건강할 때 호강시켜 줄 수 있어서 얼마나 다행인지 모른다.

앞으로의 계획? 모르겠다.

나는 그렇게 모든 것을 정해놓고 사는 삶, 딱 질색이다. 어차피 세상 모든 것이 정해놓은 대로 흘러가는 것도 아니다. 난 그냥 지금처럼 자유롭게 글도 쓰고, 피아노도 배우고, 여행도 다니고, 미래보다는 나의 행복에 투자하며 살련다.

얼마 전에 야심차게 출판한 내 소설이 이렇게까지 뜨거운 반응을 얻을 줄은 꿈에도 몰랐다. 어렸을 때부터 꿈꿔 왔던 나의 환상세계를 글로써 실현했다. 비록 책 속의 현실이 아니지만, 그곳의 '주인공'은 나니까. 그곳은 모두 나의 끄적임이니까.

영화로 만들게 해달라는 러브콜도 수십 곳에서 오고 있는데, 어느 곳을 선택할까 고민 중이다. 나의 세계를 망가트리지 않을 만한 사람이었으면 좋겠는데.

아, 대체 어떤 책이냐고?

그건 당신이 알려고만 한다면 알 수 있을 거다.

내가 이런 말까진 안 하려 했는데, 웬만하면 지금 베스트셀러가 무슨 책인지는 좀 알고 있지 그래….

후
기

이 글은 무려 세 번째 자서전이다.

첫 번째 쓴 글은 비록 나 자신을 속였지만, 내 꿈을 찾게 해주었다.

두 번째 쓴 글은 비록 아무짝에도 쓸모없이 버려지게 되었지만, 내 한계를 직접 만나게 해주었다.

세 번째 쓴 글은 비록 쓰는 데에 제일 고생했지만, 내 한계를 극복하는 법을 알려주었다.

그리고 현재 나는 더 '끄적이고' 싶어졌다.

자서전 쓰기를 시작하지 않았더라면, 이 모든 것들을 찾지 못한 채, 여태처럼 열정 없는 삶을 살아갔을 것이다.

그리고 누군가가 진심으로 소망하고, 열망하는 소중한 자리를 하나 빼앗게 되었을 것이다.

마지막으로 당신에게, 아직 어딘가 이상할지도 모르는 글을, 어딘가 이상할지도 모르는 나를 만나주어서 감사하다고 말하고 싶다.

* 내 글에 있는 몇 개의 사진들은 단짝 친구 김윤경에게 출처가 있음을 밝힘.

제3부

꿈꾸는 고래의 비밀
The Secret of Dreaming Whale

WRITING / PHOTO . 하 지 은

Dreaming Whale 하지은

지혜로울 지(智), 성할 은(殷)으로 살아온 18년.

아직 세상은 어렵고, 그 어려운 세상에서 아직 미처 드러내지 못한 것도,

부끄러움에 숨기고 싶은 것도 많다.

아직은 힘든 이 삶에서,

이제 숨겼던 나의 비밀들을 뿜어내 보고자 한다.

생애 첫 가출

2003년, 어느 무더운 여름. 한 소녀의 엄마가 아이를 집에 혼자 두고 잠시 외출을 하려 한다.

"지은아, 엄마 잠시 아빠 회사에 갔다 올 테니까 TV 보고 있어. 금방 갔다 올게."

엄마 말대로 얌전히 텔레비전만 보고 있던 소녀는 자신이 좋아하는 만화, 달빛 천사가 끝나버리자 텔레비전에 흥미가 떨어져 버리고 다른 놀 거리를 찾아 헤매기 시작한다.

선생님이 되어볼까, 요리사가 되어볼까, 엄마가 되어볼까. 인형을 들고서 한참을 고민하던 소녀는 이내 현관문으로 눈을 돌린다.

'엄마를 찾으러 가볼까? 혼자서 엄마를 찾아가면 엄청 좋아하겠지?' 엄마에게 칭찬을 받을 것이라는 부푼 기대와 함께 소녀는 현관문으로 다가가 모험을 시작한다.

빨래가 가득 차 있는 빨래통을 뒤집어엎고는 그것을 계단 삼아 재빨리 현관문을 열고 잠옷 차림으로 엘리베이터에 탑승한다.

혼자 힘으로 나온 세상은 5살 소녀에겐 호기심으로 가득 찬 세상이었고 들뜨고 설렐 수밖에 없는 세상이었다. 하지만 좋았던 기분도 잠시 엘리베이터가 한 칸씩 아래로 내려갈수록, 탑승객이 하나둘씩 늘어갈수록 소녀는 겁이 나기 시작했다. 그 비좁은 곳에서 벌벌 떨며 소녀는 엘리베이터가 제발 멈추길 바랐다. 하지만 소녀의 마음을 아는지 모르는지 야속한 엘리베이터의 문은 계속 열렸다.

살려달라고 소리칠까 고민하던 그 순간, 엘리베이터가 '1층입니다' 라 말하더니 눈앞에 엄마가 나타났다. 엄마가 보이자마자 소녀는 울음이 터져 버렸고 엄마에게 와락 안겼다. 얼음처럼 차갑던 엘리베이터와는 달리 엄마의 품은 너무나 따뜻했다. 그 따뜻한 품에서 소녀는 다시는 혼자서 문을 열지 않으리라, 바깥세상을 궁금해하지 않으리라 다짐했다.

After Writing…

4살의 그 소녀는 지금 18살이 되어 이 글을 쓰고 있다. 그때의 두려움과 무서움의 감정은 아직 잊히지 않는다. 하지만 그 당시 두려움과 무서움은 나에겐 친구들 사이에서의 뿌듯함이 되었다. '4살이 빨래통을 뒤집어 올라가서는 문을 열고 자기가 나갔어! 말이 되니? 똑똑하지?!' 소녀의 모험기는 나의 자랑거리가 되었다.

그리고 현재 18살의 내가 이 이야기를 다시 되짚어 보면서도 어린 시절의 그 소녀가, 4살의 하지은이 귀엽고 왠지 모를 뿌듯함이 느껴진다. (잘 했어! 그리고 영특했어! 한 번쯤은 그런 경험도 나쁘지 않아!)

Shine Your Light

매캐한 공기와 함께 하늘에서 솜사탕 같은 것들이 내려온다. 소복이 쌓인 솜사탕들 사이에, 금방이라도 민원 들어올듯 시끄러운 사람들 사이에, 나는 함박웃음을 지으며 서 있다.

"와, 드디어 내가 와 보다니! 시작하기도 전에 올 거 같노."

"야, 그카지 마라. 부끄럽다. 많이 와본 척해라, 빨리."

친구의 장난스러운 윽박을 끝으로 불이 하나둘씩 꺼지기 시작하고, 꺼졌던 불들이 다시 켜지면서 박효신이 나의 시야에 들어온다. 갑자기 지난 3년간의 세월이 주마등처럼 지나간다. 공부라는 큰 스트레스에 눌렸던 시간들과 박효신 콘서트에 가지 못해 울부짖었던 시간들, 그리고 끝내 달성하고야만 나의 꿈들이 모두 위로받고 칭찬받는 느낌이다. 결국 부끄럽게 시리 눈시울이 붉어지고 만다.

"아직도 안 믿긴다. 다 꿈꾸고 있는 거 같다."

부모님과 함께가 아니라 나 혼자 서울에 있고 그렇게 꿈꾸었던 박효신의 콘서트를 보았다. 18살의 나라면 엄두도 못 냈을 일이다. 아직도 설레고 두근대는 마음 뒤로 더 이상 철부지 학생이 아니라는 섭섭한 감정이 고개를 쏙 내민다. 얼른 어른이 되고 싶다는 마음은 어느새 소복이 쌓인 눈들과 함께 다시 철이 없던 그때로 돌아간다.

죽일 놈의 알레르기

'뭐지? 눈이 안 떠져… 설마 가위 눌린 건가?'

아무리 애써도 쉽사리 내 눈은 떠질 기미가 없다. 이게 가위 눌린 것이고 눈을 뜨게 되면 귀신이 내 눈앞에 있는 것이라면….

"엄마!! 엄마!! 눈이 안 떠져!!"

두려움에 휩싸인 채, 있는 힘껏 엄마를 불렀다.

"엄마야! 니 눈 왜 그렇노."

'가위 눌린 건 아닌가 보다. 그럼 왜 눈이 안 떠지는 거지?'

그 순간 엄마가 나를 일으켜 주었고 거울을 가져와 내 얼굴을 확인시켜 주었다. 아주 조금 떠진 눈으로 본 거울 속의 나는 두 눈두덩이 위에 밤을 올려놓은 듯한 꼴을 하고 있었다.

"니 어제 뭐 먹었노. 알레르기 같다."

충격적인 내 모습에 입이 안 다물어진 채 어제 내가 무얼 먹었나 곰곰이 생각해 보니

"유자 요구르트…!"

요구르트 회사를 가만두지 않으리라.

냉동실에서 꺼내온 숟가락을 양쪽 눈두덩이 위에 대고 학교에 가면 비웃음거리가 될 것이라는 아찔한 생각만을 계속했다.

"야, 니 눈 왜 그래… 크흡… 어쩌다… 큽"

예상대로다. 학교에 도착하니 선생님들과 친구들은 역시나 내 눈을 보고 웃음이 터진다. 예상했지만 너무 비참하다.

'요구르트 회사 진짜 가만두지 않겠다.'

3일 후 눈은 원래대로 돌아왔고, 그 3일은 사람들이 날 보고 웃을 때마다 애먼 요구르트 회사를 멸망시키겠다고 다짐했던 날들이었다.

바보 학습지

나의 어린 시절을 생각해 보노라면 나는 참 영악하면서도 바보였다. '월간 우등생'이라는 매달 오는 학습지가 있었는데 난 그것을 참 싫어했다. 특히 수학 학습지는 공포와 두려움의 대상이었는데 방대한 양의 더하기 뺄셈 곱하기 나누기의 문제를 풀기란… 11살 아이에게는 무리였던 것이다.

"하지은!! 너 이리 와 봐."

엄마가 화가 잔뜩 난 채 아이를 부른다. 아이는 쭈뼛쭈뼛 걸어온다.

"너 답지 베꼈어?"

"아닌데…."

"사실대로 말해. 베꼈어, 안 베꼈어? 사실대로 말하라고 했다."

엄마의 계속되는 추궁에 아이는 그만 사실을 고해버린다. 그 결과 아이는 현관문 앞에서 눈물을 흘리며 손을 들고 있게 된다.

"손 내려. 아무리 풀기 싫어도 다음부터 답지는 베끼지 마. 알겠나?"

아이는 고개를 끄덕이며 다시는 베끼지 않으리라 다짐했다.

하지만 일주일이 지났을까.

"하지은!!! 이리 와!"

고요한 집안에 다시 분노가 가득 찼다. 아이는 또 쭈뼛쭈뼛 걸어온다.

"또 답지 베꼈제?"

"아닌데…."

"또! 또 거짓말한다. 그럼 풀이 과정은 왜 없는데?"

미처 풀이 과정을 생각지 못한 아이가 또 다시 현관문 앞에서 손을 든 채 서 있다. 수학 학습지에 푼 흔적이 하나도 없고 답만 달랑 있으면 어쩌자는 말인가… 영악해지고자 했으나 실패하고만 바보 같은 학습지는 그 후로는 풀이 과정으로 가득 찼다고 한다.

TRAVEL TO JAPAN

드디어 그날이다. 3년간 기다렸던 그날! 이날을 얼마나 기다리고 이날을 위해 얼마나 노력했던가.

'지은아, 수능 끝나고 대학교 결정 나면 우리 여행가자'

벌써 수능이 끝났고 한국교원대학교 입학이 확정되었다. 그래서 엄마랑 나는 지금, 그렇게 학수고대하던 일본으로 간다!! 근데 왜 하필 일본을 가냐? TV 프로그램 중 '원나잇 푸드 트립' 이라고, 연예인들이 아시아, 유럽, 아프리카 등으로 여행을 떠나 최대한 많은 먹방 도장을 사수해야 우승하는 프로그램이 있는데 일본 음식이 그렇게 맛있어 보일 수가 없었다. 그 프로를 볼 때마다 엄마와 나는 침을 흘리며 '수능만 끝나면 일본 음식을 다 해치워 버리리라!' 다짐했었다.

현재 시각 오전 6시! 우리는 7시 30분 비행기를 타고 오사카로 간다. 간략하게 일본여행 일정을 소개해 주자면 오사카에 가자마자 우리는 숙소에 짐을 정리해 놓고 '도톤보리' 로 갈 것이다! 도톤보리에서 '모토무라 규카츠' 매장에 가서 규카츠를 먹고, 일본의 다이소 '돈키호테' 에 가서 곤약젤리를 왕창 사고, 양팔을 번쩍 들고 있는 글리코 간판 앞에서 인증샷을 남길 테다. 적당히 배를 채우고 나면 '나니와노유 온천' 과 '아라시야마' 에 들러 아름다운 자연풍경을 감상하며 피로를 풀 것이다. 그러다 해가 저물면 'Cafe SKY 40' 에 가서 멋진 야경을 구경하며 엄마와 낭만적인 술 한 잔을…!

아, 비행기도 타기 전에 벌써 두근거리기 시작한다. 시작도 안 했지만 이번 여행을 시작으로 왠지 정말 그렇게 기다리던 인생의 봄날이 찾아올 것만 같은 기분 좋은 예감이 이 두근거림과 함께 살랑살랑 불어온다!

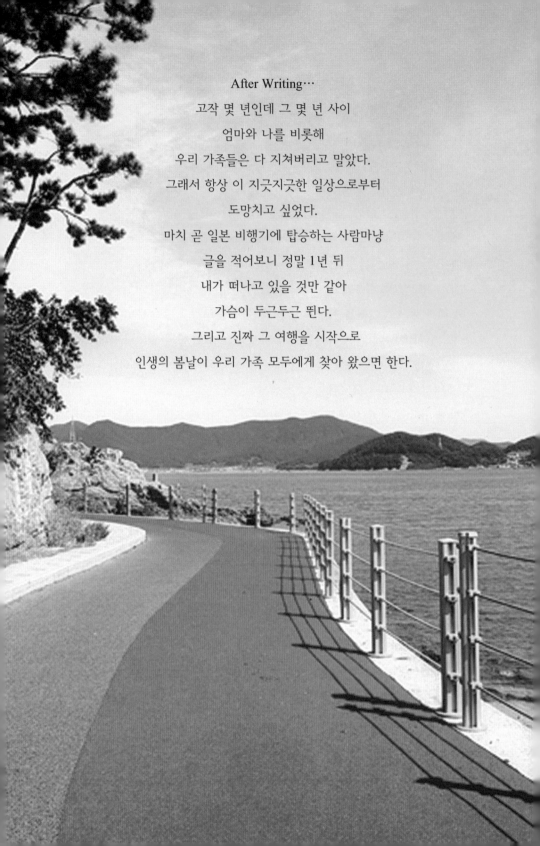

After Writing…

고작 몇 년인데 그 몇 년 사이

엄마와 나를 비롯해

우리 가족들은 다 지쳐버리고 말았다.

그래서 항상 이 지긋지긋한 일상으로부터

도망치고 싶었다.

마치 곧 일본 비행기에 탑승하는 사람마냥

글을 적어보니 정말 1년 뒤

내가 떠나고 있을 것만 같아

가슴이 두근두근 뛴다.

그리고 진짜 그 여행을 시작으로

인생의 봄날이 우리 가족 모두에게 찾아 왔으면 한다.

빙판 위 교통사고

내 생애 가장 슬프고 아찔했던 순간을 꼽으라면 난 단연 이날을 떠올릴
것이다.

"오징어가 제일 맛있다. 뭔 과자를 알록달록한 것만 사왔노."

역시나 투덜거리는 오빠와 흥을 돋우는 노래, 맑은 하늘을 싣고 신나게
할머니가 계신 울산을 향해 달려가고 있었다. '할머니댁을 가는데 이렇게
나 신난 적이 있었을까' 생각이 들만큼 들떴고 들뜬 만큼 날씨는 화창했다.

"어쩌노. 저 차들 미끄러졌나 보다."

채 녹지 않은 눈이 도로 위에서 꽝꽝 얼어 아주 커다란 빙판을 만들었고
그 위엔 미처 피하지 못해 미끄러져버린 차들이 널려져 있었다.

"당신도 조심해라. 미끄러질라."

"괜찮다. 베스트 드라이버아이가."

아빠의 농담으로 불안한 마음을 가라앉히고 설마 우리 차가 미끄러지겠
냐는 생각으로 창밖만을 바라보고 있었는데 믿었던 우리 자동차도 그만 미
끄러지기 시작했다. 영화처럼 360도로 빙빙 돌던 순간, 누군가 나를 포근
히 감싸주었다.

엄마였다.

엄마는 온힘을 다해 나를 감싸주었고 나를 지켜주었다.

빙빙 돌던 차가 서서히 멈추고 다들 살펴보니 다행히 겉보기에는 다친
사람이 없는 듯했으나, 엄마가 우리가 어디로 향하고 있었는지 기억하지
못했다.

근처 병원에 들러 엄마는 간단한 검사를 받았다. 의사는 단순히 그 순간
만의 기억을 잃어버린 것이라며 괜찮다고 했지만 나는 엄마가 나를 감싸주
느라 그렇게 된 것만 같아 울고 또 울었다.

지금도 나는 그때와 똑같이 다짐한다. 이젠 내가 엄마를 감싸고 지키겠
다고.

엄마, 항상 내 옆에 있어 줘서 고마워.
(물론 아빠도!)

지역아동센터

　6교시가 끝났음을 알려주는 종이 울리고 가슴이 두근두근 뛰기 시작한다. 오늘은 수요일로 1주일에 한 번 봉사 가는 날이다! 고1 때부터 시작한 이 봉사는 우리 동네에 있는 지역아동센터에서 아이들의 일일 선생님이 되는 것인데 교사가 꿈인 나에겐 아주 좋은 봉사다!

　나에게 이 봉사는 단지 봉사시간을 채우러 가는 것을 넘어서 남다른 의미를 지니고 있다. 거의 8년간 교사가 되고 싶다는 꿈을 꾸고 있었지만 어느 순간부터 '내가 교사가 될 수 있을까? 내가 교사가 되고 싶은 게 맞을까?' 의구심이 들기 시작하더니 점점 꿈과 희망이 없는 아이로 전락하는 기분이 들었던 적이 있었다. 슬럼프라고 할 수 있는 그 시간에 친구가 교육 봉사를 같이 하지 않겠냐고 제안했고 나는 '이번이 내 꿈을 정할 수 있는 마지막 기회'라고 생각하며 수락했다. 그때 내가 거절했었다면 아마 지금 땅을 치며 후회하고 있겠지.

　교육 봉사는 상상 이상으로 즐겁다. 매번 다른 성향의 아이들을 가르치고 아이들의 행복한 웃음소리를 들으면 일주일간 묵힌 내 깊은 스트레스도 그 웃음소리와 함께 흘러간다. 하지만 이 행복한 봉사시간에도 예외는 있는 법…

　"아 진짜. 그냥 안 하면 안 돼요? 짜증 나서 공부하기 싫어요!"

　엄청난 기대감과 설렘을 가득 안고 센터에 도착했지만 공부하기 싫어하는 철부지 학생을 만나 식은땀이 흐르기 시작했다.

　"그래도 해야지~ 이제 한 장 남았네! 다시 힘내서 풀어보자!!"

　투정을 부리다 못해 문제집에다가 낙서를 하고 문제집에 흠집까지 내버리는 학생을 분노어린 시선으로 바라보다가 화를 꾸욱 참으며 다시 격려해본다. 아이들이 이런 식으로 나올 때면 힘이 빠지고 내가 어떻게 행동해야 할지 정말 모르겠지만 이마저도 나에게는 더 나은 선생으로 발전시켜 주는 지름길이라고 애써 긍정적으로 마음을 가다듬는다.

이렇게 오늘도 나는 교사가 되겠다는 일념으로 조금은 험난하고도 험난하지만 그래도 좋은 이곳에 온다.

합격 of 합격

　나에게 꿈이 뭐냐고 물으면 언제나 그랬듯 당당히 '교사'라고 외치겠다.
언제부터 이 꿈을 꾸었는지는 정확히는 기억이 나지 않는다. 다만 어릴 적
부터 장소를 불문하고 인형들을 쭉 나열하여 그 쪼꼬미들 앞에서 화이트보
드 하나를 들고 고사리 같은 손으로 정체불명의 무엇인가를 꼭 설명하곤
했었다. 그렇게 유치원생 때부터 십수 년간 '지은이는 나중에 뭐 되고 싶
어?'라는 질문에는 꼭 '선생님'이 되고 싶다고 답했다.

　나름 굳건해 보이는 나의 이 꿈에도 슬럼프라고 말할 수 있는 암흑기가
있었다. 고등학교에 입학하고 나서 중학생 때와는 비교도 할 수 없는 방대
한 양의 공부와 그만큼 늘어난 스트레스가 나를 꾸욱 짓누르게 되었다. 그
스트레스가 정말 상상할 수도 없이 많이 쌓여 결국 나 자신을 잃게 되었다.
내가 왜 공부를 해야 하는지, 내가 무엇 때문에 이 스트레스를 이겨내야 하
는지 도통 이해가 가지 않는 나날들이었고 오랜 나의 목표였던 교사라는

꿈마저 스스로 포기해버렸다.

하지만 그런 내 방황이 무색하게 현재 나는 한국교원대학교 합격통보를 받았다. 어떻게 다시 교사라는 꿈을 꾸게 되었냐고 물어보면… 그렇게 소리 없는 방황을 하고 있던 나를 다시 바로 걷게 해준 원동력은 엄마와 아빠라고 답하겠다.

엄마와 아빠는 내가 정말로 엇나갈까 봐 항상 노심초사하셨다. 두 분께서는 항상 나에게 '공부는 하고 싶으면 하는 거야. 하고 싶지 않으면 하지 않아도 되니까 너무 스트레스 받지 마.'라고 나를 격려해 주시고 누구보다도 내가 교사가 되고 싶었음을 알고 계셨기에 교육에 관한 이슈들과 진로를 찾아주셨다.

혹시나 내가 내 꿈을 정말로 잃어버릴까 봐 항상 노력해 주셨던 부모님이 있었기에 내가 지금 이렇게 행복한 표정을 지은 채 합격이라는 말이 쓰여 있는 한국교원대학교 홈페이지를 쳐다 볼 수 있다. 내 꿈의 캠퍼스인 한국교원대학교에 합격했으니 이제 이 합격을 위해 수년간 나에게 삶을 몽땅 바치신 부모님께 자랑스러운 딸로서 합격통보를 받기 위해 애쓰기 시작해야겠다.

셋쇼마루

셋쇼마루라고 아는가? '이누야샤'라고 반요인 이누야샤와 어쩌다 현대에서 전국시대로 넘어오게 된 가영이가 사혼의 구슬을 찾기 위해 모험을 떠나는 만화가 있었다. 셋쇼마루는 그 만화에서 이누야샤의 형으로 나왔던 인물이다.

이 캐릭터를 좋아해서 이 이야기를 하냐고? 절대 아니다. 이 분을 싫어했으면 싫어했지 절대 좋아하지 않는다. 그렇다면 왜 싫어하냐고? '번데기 발음'이라고 아는가? 난 초등학교 입학하기 전까지 아주 심각한 번데기 발음이었다. 그래서 엄마가 학교에 들어가면 혹시나 놀림을 받을까 걱정하셨는데 결국 어느 하루 엄마가 기어코 결심 하나를 하시고 말았다.

"안 되겠다. 이래 가지고 초등학교 입학하겠나? 고치자 빨리."

비장한 다짐 이후, 엄마는 매일 아침, 잠이 덜 깬 나를 일으켜 세워 '사샤서셔소쇼수슈스시'부터 시작하여 'ㅅ'이 들어가는 모든 단어들과 그 당시 내가 아주 즐겨 보았던 '이누야샤'의 셋쇼마루를 말하게 시켰다.

"뗏뚀마루"

나는 아침마다 너무 고통스러웠다. '안 그래도 잘 안 되는 발음, 뭐 이거 한다고 하루아침에 달라질까' 라는 힘 빠지는 생각뿐이었다. 하지만 엄마는 포기하지 않고 계속 나를 훈련시켰다. 그러다 만화고 뭐고 셋쇼마루가 정말 싫어지기 시작했을 때….

"셋쇼마루"

"이제 되네. 이제 안 해도 되겠다. 우와 번데기 발음을 고쳤네!"

정말 놀랍게도 영원히 고쳐지지 않을 것만 같던 번데기 발음이 고쳐졌고 다행히 번데기 발음과는 영영 이별할 수 있게 되었다.

만약 그때 엄마의 끈질긴 의지가 없었더라면 지금쯤 번데기 발음이 내

흠으로 남아 있을 것이다. 이런 과거와 결과들을 보아 엄마의 끈질긴 의지와 노력과 '끝까지 하면 무엇이든지 된다!' 는 마인드를 꼭 본받아야겠지만 그때도 그렇고 지금도 그렇고 나의 나약한 의지와 힘 빠지는 마인드는 여전히 쏟아지는 아침잠만큼 쉽사리 고쳐질 기미가 없다.

Wedding 32

　구름 위에 떠 있는 듯 기분이 둥둥 뜬다. 새하얀 드레스를 입고, 온통 새하얀 이곳에서 사람들을 하나둘씩 맞이하니 실감이 난다. 평생 결혼하지 않고 엄마랑 아빠랑 같이 살겠다는 내 외침이 무색하게 나는 오늘 결혼한다.

　"오~지은이 예쁘네. 내가 본 너 중에 오늘이 제일 여자답다."

　말은 얄밉게 해도 16년간 내 옆에서 날 응원해 주고 위로해 준 내 오랜 벗들… 평소 같으면 나의 이 넓은 손바닥으로 너희를 때렸겠지만 오늘은 봐 준다.

　시끌벅적한 친구들이 떠난 지 10분이 지났을까. 아주 낯익고 오늘따라 더욱 그리웠던 사람들이 들어왔다.

　"시집가서 잘 살아."

　여전히 툴툴거리지만 누구보다 날 걱정해 주는 오빠.

"고모 축하해!"

너무나 귀여운 우리 오빠의 딸, 나의 조카.

"지은아. 가서 고생하지 말고… 행복하게 살아야 한다."

딸이 시집가서 행여나 고생이라도 할까 눈물짓는 우리 아빠.

그리고… 엄마…

"꼭 잘 살아야 한다. 꼭"

내 두 손을 꼭 잡고 눈물을 흘리는 엄마의 모습에 마음이 너무 아리면서도 '사랑을 듬뿍 받고 살았구나' 라는 생각에 미소가 지어진다.

"신부 입장"

분홍 꽃들이 펼쳐져 있는 길을 사뿐사뿐 걸으며 내 새로운 인생을 향해 한 걸음씩 내딛는다. 엄마의 바람대로, 아빠의 소원대로 행복하고도 후회 없는 삶을 향해….

후기

이 책에는 나의 과거와 미래가 교차한다. 마냥 웃기지만은 않은, 어리석고 마음 한편이 찡한 과거와 상상만 해도 저절로 미소 지어지는 나의 행복한 미래들이.

이 책을 위해 정말 바보처럼 순수했던 순간들과 그만큼 행복하고 순수하길 바라는 순간들을 마구 떠올렸다. 아주 놀랍게도 이로 인해 나 자신의 가치가 달라졌다. 낮은 자존감으로 이루어졌던 글쓰기는 어느새 누구도 흉내 낼 수 없는 멋진 과거와 꿈들로 물들어 아주 자랑스러워졌고 무엇보다 내 인생에 대해, '나'에 대해 자신감이 생겼다.

이렇게 멋진 자신감과 자서전을 가질 수 있게 도와주신 국어선생님! 감사합니다. 그리고 곁에서 항상 날 지지해 주고 밀어주시는 엄마와 아빠, 오빠. 항상 감사합니다. 이 외에도 나에게 소재를 제공해 준 모든 친구들에게 감사합니다.

그리고 이 자서전을 통해 꼭 전하고 싶은 말.

"인생에 있어서 가장 큰 기쁨은 '너는 그것을 할 수 없다'고 세상 사람들이 말하는 그 일을 성취하는 일이다."

나를 힘들게 하는 세상이나 사람쯤은 가뿐히 이겨내자. 그리고 인생에 있어서 가장 큰 기쁨을 맛보자.

우리 모두 행복하고도 후회 없는 삶을 향해 힘을 내길.

예순네 번의 밤

WRITING / PHOTO . 이 광 형

이 광 형

매일, 영화 같은 인생과 한 폭의 그림 같은 자화상을 꿈꿉니다.

자유로운 영혼을 가지고 있어 저 하늘의 구름을 동경하는

어리석은 한 학생일 뿐입니다.

이 글은
지금까지 쓰인
앞으로도 쓰일
미완성된 이야기이다.

도마 위의 물감

난 정말로 오래된 성에 살고 있습니다. 일주일 전 잠에 들어버린 z - 666은 항상 나를 고성이라 부르죠. 오래된 성의 옛말이래요. z - 666이 잠에 들기 전까지 난 한 번도 성을 나가본 적이 없습니다. 네 번째 생일이 지난 13일, 호기심에 문을 열려고 했을 때 z - 666은 벽난로 옆 소파로 끌고 가 다시는 문 근처에도 가지 않겠다고 맹세하도록 했죠. 그러고는 거울같이 반짝거리는 돌을 든 괴물들과 무서운 짐승 이야기를 하였어요. 그날 나는 램프를 끈 채 잠을 잘 수 없었고, 아침에 일어나 보니 일주일치 기름을 모두 태워버린 채 꺼져 있더군요.

열네 번째 생일이 지나고 여덟 번째 밤, 난 아직까지 문밖의 세계가 궁금해요. 하지만 두려워요. 정말로 괴물들과 짐승들이 나를 잡아먹을까요? 아무리 소리쳐도 z - 666은 깊은 잠에 빠져 나의 말을 듣지 못하는 것 같습니다. 네 번째 밤 때, 이런 생각이 들었어요. z - 666은 깨어나지 않는 것이 아닐까? 처음에는 말도 안 되는 소리라고 생각했어요. 왜냐하면 깨어나지 않는 꿈은 없으니까. 하지만 이상한 감정이 들어요. 기분이 슬퍼지고 즐겁지가 않아요. 밤이 지나갈수록 z - 666과 한 맹세보다 마음속에 그 이상한 감정이 메여 와서 당장이라도 저 문을 열고 싶었어요. 저 문만 열면 이 감정이 '세상'이라는 곳으로 떠나 가버려 마음이 후련해질 것 같았거든요.

그래서 난 여덟 번째 밤, 한 걸음 한 걸음 혹여나 z - 666의 잠을 방해해서 깨어나면 안 되니 조심히 문을 향해 걸어갔어요.

그리고 문을 열었죠.

위를 바라보니 동그란 노란색 곰보빵이 떠 있고 그 옆에는 수백 아니 수천? 수만 개의 가지각색 설탕들이 램프처럼 빛나고 있었습니다. 아무 말도 하지 못했어요. 왜냐하면 너무나 아름다웠거든요. 괴물이나 짐승이 두렵지 않았어요. 혹여나 z - 666이 당장 일어나 나를 엄하게 꾸짖는다 하여도 상관없어요. 난 그저 나의 눈을 믿고 이 장면을 영원히 바라보고 싶거든요.

스물세 번째 밤. 곰보빵은 어느새 어둠에 먹혀 들어가더니 결국엔 사라지고 말았어요. 설탕들은 보이지 않고 마치 성안의 밤처럼 어두웠습니다. 그때였어요. 아주 머나먼, 정말로 먼 곳에서 물감이 튀어 올랐어요. 도화지 위에 떨어진 물감처럼 번진 뒤, 금세 사라져 버렸죠. 그 신비한 것은 세 번째 배수의 날의 밤마다 피어올랐고 어둠 속에 먹혀 가려진 곰보빵에 색을 칠하기 시작했답니다. 매일 밤이 찾아올 때마다 반짝 빛나 나를 반기었고 곰보빵은 점차 원래의 동그란 모습으로 빚어지고 있었어요. 도마 위에서 동그란 곰보빵이 완성된 날 가지각색의 물감들이 도마 위에 번지며 기뻐하는 것 같았답니다. 하지만 그렇게 찬란하게 번진 물감들과 탐스러운 곰보빵은 열 번째 밤의 도마를 보았을 때처럼 어둠 속에 다시 먹혀 들어가기 시작했죠.

깨어나지 않는 꿈은 없으니 난 당연히 곰보빵이 어둠 속에 잡혀 사라지면 저 물감을 도마에 번지게 하여 다시 환하게 빛날 줄 알았지만 첫 번째 밤이 지나고 세 번째 밤이 지나며 세 번째 배수의 밤들이 지나가도 도마 위로 반짝 빛나는 물감의 향연은 펼쳐지지 않았어요. z - 666이 잠에서 깨어나지 않는 것처럼 더 이상 물감은 번지지 않는 건 아닐까요?

쉰여섯 번째 밤,

내가 맞이한 밤은 성안의 밤보다 유난히 어둡습니다. 이상한 감정이 다시 마음을 죄어오기 시작했어요. 그럴 때마다 나는 물감과 곰보빵과 설탕들을 떠올렸답니다. 다시 한번 도마 위의 아름다운 것들을 보고 싶었어요. 그래서 결심했죠. 예순 번째 밤까지 z - 666이 깨어나지 않는다면 곰보빵과 설탕들을 색칠할 물감을 찾기 위해 모험을 하겠다고요.

문밖을 나서서 성이 시야에서 사라질 때까지 멀리 떠나는 것은 두려웠지만, 이상한 감정이 두려움보다 나의 마음을 아프게 했기에 쉰아홉 번째 밤이 지나갔을 때 난 더 이상 모험을 떠나는 것을 두려워하지 않게 되었어요. 그리고 예순 번째 밤, 밤이 지나면 난 항상 성에서 자고 있었겠지만 난 지금 문을 열고 점차 성을 나서고 있어요. 저 먼 곳에는 수만 개의 램프가 켜진 것 같은 불공이 점차 하늘로 올라가고 있고 난 물감이 번졌던 도마의 방향을 따라 발걸음을 내디뎠습니다.

거울 위에서

    신비한 것을 보았어요. z - 666이 읽어주었던 동화책에 그려져 있는' 집'
이라는 것들이 모여 있는 '마을'과 '나무'와 '풀' 가득한 '숲'이라는 지형
이었어요. 숲을 지나가면 마을이, 마을이 지나가면 숲이 나타났죠. 그리고
곳곳에는 z - 666과 비슷하게 생긴 친구들이 있었어요. z - 666의 가족인
걸까요? 어떤 친구는 팔에 풀이 자라있고 또 어떤 친구는 머리에서 나무가
자라 있었어요. 너무 피곤한 나머지 나뭇가지에 축 처져 있어 자기가 새들
의 둥지가 되고 있는지 모를 정도로 자고 있던 친구도 있었답니다. 난 수백
명이나 되는 친구들의 각기 다르지만 개성 있는 모습을 보며 예순한 번째
밤이 찾아올 때까지 걷고 또 걸었어요.

    예순한 번째 밤. 나는 숲속에 있는 아주 큰 잎사귀를 덮고 지쳐서 자고
있었는데 아무것도 보이지 않아야 할 밤인데 유난히 눈이 부서서 눈을 떴
더니 작은 빛 덩어리들이 날아다니고 있었어요. 콧등에 날아와 멈추었다가
작은 꽃잎에 앉아 쉬고 숲과 마을에 놓여 있던 돌로 만들어진 램프에 들어
가더군요. 이 빛들은 밤에도 길을 걸을 수 있게 나를 어디론가 이끄는 것
같았어요. 그래서 난 빛나는 램프의 길을 따라가기로 결심했죠. 새로운 마
을을 모험하고 숲을 지나며 새로 만난 친구들에게 인사하며, 난 걸었어요.

    길의 종점에는 예순한 번째 밤이 끝날 때 도착하였고 그 자리에는 아주 큰
친구가 있었어요. 머리와 어깨에는 아주 오래되어 보이는 나무가 뿌리 뻗었

고 발과 무릎은 땅속에 묻혀 있었죠. 내가 사는 성의 크기보단 작았지만 비슷하게 보일 정도로 정말 거대했어요. 난 멍하니 그 친구를 바라보다가 그 친구를 가로질러 걸어가고 있었는데 생각지도 못한 상황에 깜짝 놀랐어요.

z - 666이 읽어준 동화책의 가장 마지막에 있었던 장소. 세상의 끝이라 불리는 곳인 거울의 호수를 발견했거든요. 거울의 호수는 밤이라 보지 못하고 숲에 가려져 보지 못했던 밤이 아닌 시간의 도마를 비추고 있었고, 도마 위에는 z - 666이 생일날 해주던 음식 중 하나인 솜사탕 뭉치들이 수십, 수백 개나 놓여 있었어요. 거울에 첫 발걸음을 내디뎠을 때 물 위를 걷는다는 것이 이런 느낌일까요? 걸을 때마다 기분이 좋아, 한참 동안 뛰어다녔어요. 꿈과 현실의 경계점. z - 666은 그것이 거울의 사막이라 말했죠. 해마라는 동물을 타지 않으면 인간은 쉽게 거울의 경계점에 갇혀 버린대요. 그리고 그 경계점에 갇혀 버리면 영원히 집으로 돌아오지 못할 수도 있어요. 난 그 말이 기억나 계속 모험을 하는 것이 걱정되었지만 동화책을 다 읽고 거울의 호수에 대해 물어볼 때 z - 666은 말했었어요.

"돌아오지 못한다면 어디에 있든 나를 외쳐줘. 너를 찾을 테니까."

* * *

난 물감을 찾기 위해 꿈과 현실의 경계점인 이 사막을 걷고 있어요. 예순세 번째의 밤이 지났어요. 굉장히 많은 걸음을 걸었지만 뒤를 되돌아보면 어느새 나의 발자국은 사라져 있었어요. 혹 이곳에 영원히 갇혀 버린 것은 아닐까 생각이 들지만 이 장소는 걱정과 두려움을 잊게 할 만큼 경이롭고 아름다워요. 사막은 끝없이 펼쳐져 있고, 난 계속 앞으로 걷고 또 걸었죠. 예순네 번째의 밤이 지나가도 종점은 보지 못하겠구나 생각했어요.

근데 먼 곳에 무엇인가가 보이는 것이 아니겠어요?

z - 666의 친구일까요? 아니면 집? 혹은 두려운 짐승이나 괴물일 수 있

겠지만 난 다가가기 시작했어요. 오십 걸음, 백 걸음, 사백 걸음을 걸은 후에야 가까이 갈 수 있었는데 그 물체는 하얀색 천을 덮고 있었어요. 천을 걷으니, 그 물체는 z - 666의 친구들과는 다른 모습이었어요. 그리고 급하게 일어나 멀리 떨어져 나를 쳐다봤죠.

"어? 일어났다."

"누구세요?"

"넌 z - 666의 친구야?"

"아니요?"

"근데 어떻게 z - 666처럼 말할 수 있지?"

그 물체는 나를 이상한 표정으로 쳐다봤어요.

"당신과 같은 인간이니까요."

"나? 그리고 너? 인간?"

"당신은 누구예요?"

"나를 말하는 거야?"

"네!"

"나는 고성. Z - 666이 항상 그렇게 불러. 내가 사는 곳은 오래된 성이거든."

소개를 하자 그 물체는 또 다른 이상한 표정으로 말을 하지 않고 나를 쳐다봤어요.

"넌 누구야?"

"저는 여행을 하고 있어요."

"여행? 그게 뭐야?"

"무슨 소리에요?"

"여행이 뭐냐고 물었는데?"

"정말로 몰라요?"

"응! 몰라."

"거짓말하지 말아요. 그나저나 당신 어려 보이는데 몇 살이에요?"

"몇 살? 아! 알았다. 지금까지 총 열네 번의 생일이 지나갔어."

"그리고 당신 어디서 왔어요?"

"저쪽 방향에서 두 번의 밤이 지나가는 동안 걸어왔어."

"네? 진짜로?"

"응, 거울의 사막에 갇혀 버리면 다신 집으로 돌아갈 수 없다고 z - 666은 말했지만 난 곰보빵을 색칠할 물감을 찾기 위해 거울의 경계점을 걸었어."

"당신, 그게 얼마나 바보 같은 행동인지 알아요?"

"응, 알아. 하지만 z - 666은 말했어. 거울의 사막이라도 마음속으로 도와달라고 외치면 언제든지 와서 구해주겠다고."

"그 z - 666이라는 건 뭐예요?"

"성에서 나랑 같이 사는 친구. 내가 떠난 예순 번째 밤까지 깨어나지 않았지. 지금은 깨어났을까?"

"그 z - 666이라는 것이 깨어나지 않으면요?"

"깨어날 거야. 깨어나지 않는 꿈은 없으니까."

물체는 또다시 나를 쳐다봤어요.

"그 물감을 찾으려고 이 사막에 온 거예요?"

"응"

"당신이 무슨 말을 하는지 잘 모르겠어요. 하지만 확실한 건 스스로 알아차렸는지 모르겠지만 위험에 빠졌다는 것."

"그런가?"

"진실의 나무 노파 알아요?"

"아니? 전혀."

"그 사람에게로 당신을 데려다줄게요. 적어도 그 사람은 현자니까 당신을 이해할지도 모르겠죠."

"난 물감을 찾으러 가야 하는데"

"일단 사막을 빠져나가야 해요. 여기서 당신은 아무것도 하지 못해요."

나무 노파

예순네 번째 밤. 그 물체는 자신의 이름이 '연필'이라고 말했죠. 연필과 나는 z - 666이 말한 해마라는 것을 타고 나무 노파에게 가고 있었어요. 해마를 탄다는 건 신기하고 재미있는 일이었어요. 한 번의 밤이 지나갈 동안 걷는 거리를, 평범하게 식사를 시작하고 마무리할 시간도 태만하게 보일 듯이 빠르게 달렸거든요. 그리하여 예순다섯 번째 밤이 찾아오기 한참 전, 연필과 나는 마을에 도착했어요. 이 마을에는 연필의 모습과 닮은 존재들이 있었어요, 그리고 그것들은 움직이고 있었죠. 거울의 사막에 오기 전에 보았던 마을의 모습과는 많이 달라서 놀랐답니다.

연필은 나를 정말로 큰 집으로 데려갔어요. 그 집에는 움직이는 나무들이 있었는데 그들에게 연필이 말을 걸자 몸을 직각으로 구부렸어요. 연필은 말했어요.

"나무 노파께 말해라. 방황하는 자를 데리고 왔다고."

그러자 나무들은 나를 이상한 표정으로 바라보더니 다급히 움직이는 것이 아니겠어요? 불공이 거울 사막의 지평선 밖으로 사라지고 예순네 번째 밤이 되었을 때 다급히 움직였던 나무들이 다가와 우리를 어디론가 데려다 준다고 하였어요. 연필과 나는 나무를 따라가 어떤 문 앞에 도착했는데 왠지 이 문을 열고 나서는 일이 처음 성문을 열고 나갈 때와 같은 것 같았어요. 연필은 문을 열고 나를 데려갔답니다.

난 마음속에 느껴진 이상한 감정이 괴로웠어요. 숲, 여기는 숲이에요 하지만 뭔가 달라요. z - 666이 있었던 숲과 달리 연필처럼, 아까 보았던, 나무들처럼 움직이고 있었죠.

연필과 나는 숲의 깊은 곳을 향해 걸어갔어요. 주황색, 빨강색, 노란색의 잎들이 나무에서 떨어지고 있었죠. 그리고 정말로 오래되어 보는 나무를 보았는데 연필은 저 존재가 모든 진실을 알고 있는 나무 노파라고 말했어요.

나무 노파는 뒤를 돌아 나를 자세히 쳐다봤죠.

그리고 말했어요.

"나 원, 방금 막 겨울잠에 든 참이었는데. 자네의 소식을 듣고 완전히 깨버렸어. 굉장히 무례하군."

"거울 사막의 방황자입니다. 어제 발견했습니다."

"방황자라, 굉장히 오랜만이군. 백 년 만인가?"

나무 노파는 얼굴 앞까지 다가와 나를 유난히 바라보았어요.

"고성, 자넨 고성이구만."

"내 이름을 어떻게 알아?"

"상당히 무례하구만. 하지만 자네를 꾸짖지는 않을 거라네. 겉모습보단 마음이 중요한 법이니. 그리고 난 자네의 모든 것을 기억했거든."

"무슨 말이야?"

"난 언제나 바라보지. 깊게 박힌 뿌리로 전달되는 대지의 이야기나 가끔 놀러 오는 철새의 이야기 등으로 말이야."

"물어볼 게 있어. z - 666과 친구들은 왜 깨어나지 않는 거야?"

"자넨 지금 친구들이 영원히 깨어나지 않을까 두려워하고 있군. 하지만 걱정 말게. 그들은 단지 너를 기다리고 있을 뿐이니."

"답을 줘서 고마워. 그런데 난 지금 물감을 찾고 있어. 물감은 어디에 있는 거야?"

"바로 여기 있단다."

"어? 진짜야? 이게 도마 위의 곰보빵과 설탕을 색칠해 주는 물감이란 말이야? 정말 고마워"

"하지만"

"응?"

"자넨 집으로 돌아갈 수 없다네."

"무슨 말이야?"

"그 물감으로 어둠 속에 먹힌 곰보빵과 설탕을 색칠할 수 없다네."

"뭐라고?"

"자네의 친구들은 기다리고 있어. 집으로 돌아가게 해줄 수 있는 것도 자네의 친구들이지."

나는 멍하니 나무 노파를 쳐다봤어요.

그리고 그런 나를 향해 말했죠.

"한 번의 불꽃놀이에 담긴 의미를 알게 된다면
하늘을 색칠할 수 있을 게다."

후
기

동심의 기억과 머릿속에서 상상하는 이미지를
글로써 녹여내는 것은 쉬운 일이 아니었습니다.

아쉬운 점이 많아요.
조금만 더 신중한 선택을 하고
이야기를 구상할 시간이 많았다면 어땠을까
하는 생각이 떠나지 않습니다.

예순네 번의 밤은
꿈과 방황에 대한 나의 이야기입니다.

고통스러운 과거를 훌훌 털고 잊어버리기에는
너무나 괴로운 방황이었죠.

그 기억이,
화려하게 피어올라
잔인하게 존재하지만

허무하게 사라지는,
그저 즐길 수밖에 없는
그저 슬퍼할 수밖에 없는

하나의 불꽃놀이가 되길 바라봅니다.

20XXXXXX

WRITING / PHOTO. 배 수 정

배 수 정

지 구 에 사 는 n번째 앨 리 스

그 어린 날 나의 글을 읽어주던,

지금의 글을 쓰는 나를 있게 한 나의 오랜 친구들.

대단치 않은 작가와 신원 미상의 독자로 스쳐 지나갔을 많은 작은 인연들.

그리고 앞으로 만날 또 많은 사소한 우연들.

그들이 있어 주었기에 내가 있습니다.

앨리스와 일본과 미스터리

눈을 뜬다. 평소와 다를 것 없는, 지극히 일상적인 또 하루의 시작이었다. 침대에서 일어나 씻고, 아침을 먹고, 나갈 준비를 해야 하는, 지긋지긋할 정도로 수없이 반복해 온.

그렇지만 나의 지루한 반복적인 일상과 세상의 어느 한구석에는, 분명히 이상한 나라로 가는 토끼굴이 존재한다.

기억은 나지 않는다. 하지만 분명 그럴 정도로 오랜 시간 전이었을 것이라 추측한다. 그때, '이상한 나라의 앨리스'를 봤다. 어린 나에게는 꽤 신선한 경험이었나 보다. 단편적인 기억이 나에게 오래 남아 십여 년 후 다시 그 영화를 찾게 한 것을 보면.

'이상한 나라의 앨리스'는 내가 가장 좋아하는 월트 디즈니사에서 만든 애니메이션이다. 우리 사회에서 애니메이션 영화나 디즈니라고 하면, 권선징악이나 우정, 가족의 사랑 따위를 다뤄 보는 이에게 기초적인 교훈을 주는, 어린이들이나 보는 것이라는 인식이 널리 퍼져 있다고 생각한다.

하지만, '이상한 나라의 앨리스'는 정말 이상한 이야기이다. 지금까지 수도 없이 본 영화지만 여전히 그 인상은 변하지 않는다. '이상한 나라의 앨리스'에는 교훈이랄 것이 없다. 그저 등장인물이자 주인공 '앨리스'가 이상한 세계에서 이상한 일들을 겪다가 알고 보니 꿈이라는, 어이없고, 허무하다면 허무한 결말의 정말 이상한 이야기이다.

어딘가 나사 하나 빠진 듯한, 또는 전형적인 그 나이대의 소녀처럼, 지루한 역사 공부 중 이상한 상상의 나래를 펼치던 앨리스가 "진짜 이상한" 세계에 떨어지게 된다. 상식과 논리는 통하지 않고, 기존에 알던 지식 같은 모든 것은 의미가 없어진다. 작중 등장하는 '체셔 고양이'의 대사처럼, **"We all mad here"** 그 말 그대로다. 나사 하나 빠진 것 같던 앨리스가 이 세계에서는 유일하게 논리와 이성을 가진 존재가 된다.

나는 일본의 문화를 좋아한다. 문화라 하면 상당히 넓은 의미를 가지므로, 편의상 그들이 살아가는 모습과 사고방식을 '생활 문화'라 칭하고, 문학이나 그림, 영상과 같은 만들어진 예술을 '창작 문화'라고 지칭하면, 일본의 창작 문화는 서양과는 당연히 다르고, 우리나라와도 다른 독자적인 색채를 띠고 있다.

한국인의 시야에서, 일반적으로 일본 창작 문화의 특이점은 생활 문화의 특이점으로부터 온다. 예를 들면, 격식을 차리거나 친근하지 않은 상대에게는 성씨를 부르고, 친근한 사이나 연인 관계로 발전할 때 이름을 부르는 풍속. 私(わたし/わたくし), 僕(ぼく), 俺(おれ) 등 시대적, 신분적, 성격적으로 다른 느낌을 주는 '나'를 지칭하는 인칭대명사. 지리적 특징으로는 남북으로 길게 뻗은 영토, 그에 따른 기후의 큰 편차, 섬, 바닷가, 수많은 민간 신과 귀신, 괴담. 이런 것들.

그런 요소들이 하나씩 오랜 세월 중첩되고 축적되어 그들의 사상, 가치관, 말투, 생활, 즉 '생활 문화'를 만들어냈다. 그것을 기반으로 새로운 그들의 예술을 창작해낸다.

요지는 그들의 문화는 특별한 색채를 띤다는 것이다. 추리미스터리 소설이라 하면, 서양에서 유명한 에드거 앨런 포나 에거사 크리스티, 아서 코난 도일과 같은 사람이 많음에도, 일본의 추리 미스터리에는 내가 좋아하는 그들만의 공유하는 색이 있다. 세상 어디에도 없는 괴담 같은 기괴함, 하지만 마냥 무섭지 않은 기묘함, 내가 알던 세계와의 거리감, 마치 외계인을 보는 듯한, 이(異)세계를 만난 것 같은 이질감, 그런 것들이 일본의 미스터리 문학에는 있다. 단지 소재의 면에서만이 아니라, 문화 전반의 기저에 깔린, 흉내낼 수 없는 그들만의 분위기가 있다.

내가 일본 미스터리를 좋아하는 것은, 그곳이 나의 '이상한 세계'이기 때문이 아닐까 싶다. 물론 일본 미스터리가 앞서 서술한 디즈니 작품 '이상한 나라의 앨리스'에 나오는 이상한 세계처럼 논리와 상식이 없는 혼돈의 세계라는 뜻이 아니다.

이상하다는 것은 무엇일까? 이상하다는 것의 의미를 파악하기 위해 평범함과 이상함에 단계를 두어 스펙트럼으로 표현한다면, 고전적임, 평범함, 일반적임, 그 다음에는 새로움, 그리고 신박함, 혁신적. 그리고 그 너머에 있는 것이 '이상함'이다.

우리가 알던 것, 가진 것과 달리 완전히 새롭기 때문에 이상한 것이다. 우리는 자신을 기준으로 공동체를 형성하고 자아를 형성하여 다가오는 현상에 대해 사고하고 판단하기 때문에 우리가 납득할 수 있는 '이 정도면 받아들일 만하지'의 허용 범위를 넘어선 새로움이, 자기를 중심으로 사고하는 개인에게 이상함으로 받아들여지는 것이다.

우리 인간은 만족하지 못한다. 사랑, 쾌락, 음식, 그 대상이 무엇이 되었든 우리는 기존의 것에 질려 하고 새로운 것을 끊임없이 추구한다. 영원히 새로운 것을 찾는다. 그러한 맥락에서 '이상한 것'은 개인이 추구해 나가는 새로움의 궁극적인 목적일 것이다.

사회적으로도 지식적으로도 철학적으로도 논리적으로도, 나보다 몇 단계 위에 존재하는 작가들의 의식을 여행하는 것은 짜릿함, 새로움, 놀라움 그 자체이다. 책을 읽는 것은 영화를 보는 것과 같다. 완전한 어둠 속에서, 작가가 이야기해 주는 것을 들으며, 허용한 소리만을 듣고, 가리키는 것만을 본다. 책을 읽으면서 내가 하는 일은 어디로 향하는지도 모르는 작가가 허락한 단 하나의 길을 따라 걸으며, 나의 의지와는 상관없이 작가의 서술대로 물에 빠지기도 하고 절벽에서 떨어지기도 한다. 죽기도 하고, 살인자가 되기도 한다. 세상 최고의 희열을 맛보기도 하고, 죄책감과 죄악감, 자기 혐오에 부들부들 떨기도 한다.

　21세기의 현대를 살아가는 나에게는 어디에서도 겪을 수 없는, 이상한 일이다.

거울과 소시민

아침에 일어나서 거울을 본다. 거울에 비치는 얼굴이 분명 수십 년째 본 내 얼굴일 텐데 어째서인지 위화감이 든다. 어제 늦게 잔 탓인지, 수면 부족으로 인해 지끈거리는 머리를 붙잡고 눈을 찡그리며 묘한 위화감의 얼굴을 보고 있자니, 이 모든 상황이 어디선가 본 적이 있다. 아, 분명 니시자와 야스히코의 『신의 로직 인간의 매직』에서였다.

글 문학의 정수를 보여주는 작품이라고 하면, 직관적으로 이해할 수 있을까?

추리, 미스터리 장르는 작가가 이야기를 풀어 놓는 이야기꾼으로서 말하는 일방적인 의사소통이라고 생각할 수도 있겠지만, 어떤 면에서는 작가와 독자와의 추리 싸움이라 할 수 있다. 작가는 반전과 이야기의 극적인 드라마를 위해 범인을 숨기고, 독자는 주어진 단서로 범인을 추리한다. 독자를 헷갈리게 하려고 작가는 일부러 애매모호한 표현을 사용하거나 있는 그대로의 사실을 편향된 서술로써 독자를 속이기도 한다. 그것을 '서술 트릭'이라 한다.

이 책은 서술 트릭과는 조금 다르다. 서술 방식만으로 독자를 속이는 것이 아니라 작가가 일부러 정보를 보여주지 않는다. 물론 작가가 정보를 은폐한다는 사실조차 모르는 독자는, 보기 좋게 작가가 설계한 함정에 빠지게 되는 것이다.

그런 이 책을 치사하다고 할 수도 있겠으나, 나는 '작가가 일부 정보를 숨기는 행위' 야말로 글 문학, 활자 문학의 특이점이라고 생각한다. 이 책이 하는 이야기는, 작가가 보여주고자 하는 것 외에도 모든 것을 보여주어야 하는, 또는 의도적으로 숨긴다면 누구나 수상한 낌새를 알아채 버리는 사진이나 영상 매체로는 변환할 수 없는 '글'로써만 할 수 있는 이야기이다.

이 이야기를 위해서는 글이 가장 최적의 전달 수단인 것이다. 글로써만 존재해야 하는 이야기, 글로써만 가장 잘 표현될 수 있는 이야기.

작가와의 두뇌 싸움을 즐기는 추리 마니아라면 어쩌면 기분이 썩 좋지 않은 책일 수도 있다. 마치, 객관식 시험 문제를 푸는데 주어진 보기 안에 답이 없었던 것과 비슷한 상황으로 비유할 수 있겠다. 실제로 이런 이유 때문에 이 책을 읽고 상당히 분하다는 어떤 이의 후기를 보고, 왜 나는 그대로 이 책이 좋아서 날뛰는지에 대해 잠깐 생각하게 되었다.

나는 내 자신이 경쟁심이 별로 없고, 허세나 자존심도 별로 내세우지 않는다고 생각한다. 누군가와 불꽃을 튀기며 스스로의 우월을 증명하기 위해 싸우는 것도 싫고, 경쟁 스포츠를 하는 건 세상에서 제일 싫은 일 중 하나다. 취향의 문제로 의견이 다르면 상대의 것이 완전히 틀려먹은 방법이 아닌 이상, 대부분 내 의견을 포기한다.

짧게 정리하면, 나는 소시민적 성격을 가졌다. 이 글을 쓰면서 소시민의 정확한 의미를 알고자 사전을 찾았는데, 내가 어렴풋이 느끼던 '소시민'과 진짜 소시민은 꽤 다른 의미를 가졌기에, 스스로 내가 생각하는 '소시민'의 정의를 내려 보고자 한다.

소시민은, 한자 그대로 작은 시민이다. 급박한 발전과 하루하루가 바쁜 현대 사회에 민주주의는 발전하지 못하고, 일부 정치 권력자들과 경제계의 거물들에 의해 이 세상은 좌지우지된다. 발전하는 세상에 겨우 발맞추기도 힘겨워 자신의 현재의 삶이나 그나마 겨우겨우 영위하기 위해 주어진 일과 똑같이 반복되는 일상에만 충실한, 이 나라와 사회의 변혁이나 역사에는 하등 영향을 끼치지 못하고, 또 의식적으로 끼치려고 하지 않는, 그런 성향을 띄는 사람을 뜻한다. 자기 주관이나 신념을 내세우지 않고, 유행이나 문화 등 외부에서의 입력에 쉽게 변하기도 하고, 맞서는 대신 쉽게 회피하며 도망치기도 한다.

이와 같이 소시민을 정의 내렸을 때, 나는 소시민적 사람이다. 재미없어 보이고, 어쩌면 '줏대 없다' 같은 부정적 판단을 내릴 수도 있을 것이다.

하지만 나는 나의 위치, 소시민에 만족한다. 철없이 경이롭고 새로운, 반짝반짝한 삶을 살아가는 주인공이 되기를 꿈꾸기에는 나는 나이를 너무 많이 먹어 버렸다. 우리 모두는 스스로 삶의 주인공이라고들 하지만, 우리 모두가 이 세상의 주인공일 수는 없는 것이 현실이다. 어쨌든 대통령은 한 명이고, 세계의 발전을 이끄는 거대 기업의 CEO도 소수이다.

이건 조금 비관적인 측면에서 나의 위치를 바라본 것이고, 내가 가진 삶의 방식에 대해 변호하자면, 소시민의 삶도 꽤 괜찮다는 것이다. 가끔은 사소한 일로 싸우기도 하지만 여전히 언제나 사랑하는 부모님이 계시고, 천하를 누리며 사치를 부리진 못해도 적당히 안정적인 직장도 있다. 초등학생 때 만나 벌써 30여 년째, 암묵적으로 평생을 약속한 친구들도 있다. 퇴근 후에는 좋아하는 영화를 돌려 보고, 끝없는 다이어트의 굴레에 갇혀 콜라 대신 탄산수를 마시고, 가끔의 주말에는 사랑하는 남편과 두 손 잡고 여행을 떠나기도 하는.

게다가 내가 가장 사랑하는 소시민적 특성 중 하나가 '줏대 없다'는 점이다. 자기 주관이 없다는 것은, 주변의 영향을 잘 받는다는 것은, 예술 감상에 있어서는 큰 축복이 아닐까? 자신의 복잡한 기준을 가지고 이건 이래서 싫고, 저건 저래서 별로고 하며 깐깐하게 예술을 평가하기보다는 작가가 의도한 대로 보고, 듣고, 느끼는 것이 확실히, 더 큰 감동을 받을 수 있을 것이다.

오늘 오후 도서관에서 니시자와 야스히코의 『신의 로직 인간의 매직』을 다시 빌리자. 그렇게 생각하면서도, 수십 번이고 다시 읽어도 처음 읽을 때의 감동과 충격은 기억 상실증이라도 걸리지 않는 한 절대 다시 겪을 수 없다는 것을 알기에 커피를 아직 마시지 않은 입이 씁쓸했다.

도서관과 번역가

일본 미스터리 문학에 빠졌을 시절, 나는 한두 주에 꼭 한 번씩 범어도서관에 다녔다. 내 이상한 나라의 붉은 여왕, 3월 토끼, 모자 장수인 니시자와 야스히코, 우타노 쇼고, 누쿠이 도쿠로, 또는 나의 흰 시계 토끼 김은모 번역가. 범어 도서관에 마련된 그들의 책을 모조리 읽어 버리고 쓸쓸히 마지막 남은 책을 빌리던 때의 허탈함을 기억한다.

그때쯤 국립중앙도서관에 대한 이야기를 들었다. 국가의 모든 문헌을 수집한다는 그곳.

국립중앙도서관, 몇 번을 생각해도 경이로운 곳이다. 마치 마법 판타지 '해리 포터'의 세계관에나 나올 것 같은 느낌이 든다. 우리나라에서 출판된 모든 책은 한 권씩 꼭 소장된. 이 사실을 나열한 문장만으로도 위압감이 느껴진다.

'모든'

이 나라의 모든 것이란, 너무 방대해 감조차 잡히지 않으니, 한 분야로 한정해서 한번 생각해 보자.

이를테면 이 나라에 존재하는 모든 음식.

우선 한식. 김치, 삼계탕, 신선로, 비빔밥, 진미 채 무침, 깍두기, 등뼈 해장국, 감자탕, 깻잎 김치, 호박전, 산적, 갈비, 돼지국밥, 생선구이, 미나리 무침, 시금치 무침. 다음으로 일식. 연어 초밥, 장어 초밥 등 수많은 초밥 종류, 회, 튀김, 가츠동, 덮밥, 타코야끼, 오코노미야끼, 전골, 미소 된장국, 무절임. 중식이라면 자장면, 짬뽕, 탕수육, 팔보채, 라조육, 라조기, 유산슬, 양장피, 유린기. 이뿐인가? 양식에는 온갖 종류의 파스타, 스테이크, 샐러드, 빵, 스프. 외에도, 베트남식 쌀국수, 터키 아이스크림, 케밥, 커리. 그리고 당신이 이 외에 생각나는 그 모든 것까지 포함하여.

모든 것, 사전적 정의로 빠짐이나 넘침이 없는 전체. 모자란 것도, 남는 것도 없이 완벽히 존재하는 상태. 그런 중앙도서관은 나에게, 상상만으로 만족감을 주는 곳이었다.

언젠가 그곳에 가리라 다짐했다.

퇴근길, 버스에서 내린 곳은 다름 아닌 그곳이었다. 언젠가의 비장한 소원이었던 것이 무색하게, 지금은 나의 일상 중 한 부분으로 변한 곳이었다. 저번 주에 빌린 책을 아직 다 읽지 못함에도 이리 발걸음을 한 것은 내가 사랑해 마지않는 번역가님, 김은모 번역가님 때문이었다.

말을 꺼냈는데 하지 않을 수 없다. 큰 화재가 발생했다. 어째서일까? 유독 기후가 건조한 탓도 있었을 테고, 누군가는 마른 잎에 담배꽁초를 버렸고, 또 누군가는 그 자리에 기름을 들이부었다. 담배꽁초를 버린 이가 우타노 쇼고 작가의 『밀실 살인 게임』이라면 『미소 짓는 사람』은 기름을 들이부은 이다. 물론 그 화재의 이름은 '일본 미스터리' 다.

초등학생의 어린 나에게 일본 미스터리의 세계를 가르쳐 준 책이 『밀실 살인 게임』, 그리고 바쁜 삶에 한참을 그 세계에 발을 들이지 않던 열일곱 살의 겨울방학, 나에게 찾아와 다시 일본 미스터리에 빠지게 하고, 영영 헤어나지 못하게 한 책이 『미소 짓는 사람』이었다. 언제나와 같이 단조롭고 무료한 일상을 살아가던 나에게 이 책은 큰 충격이자 세계관의 확장으로

다가왔다. 책의 마지막 장을 덮은 후에도 헤어 나오지 못해 작가에 대한 것이나 다른 사람들의 논평과 후기를 찾아 읽었을 정도로.

그때였다. 이 운명적인 만남은. 책의 날개 표지에 달린 작가와 번역가에 대한 소개 글을 읽다 김은모 번역가를 알게 되었다. 이 번역가는 또 어떤 책을 번역했을까. 그런 호기심에 인터넷에 김은모 번역가에 대해 검색했다. 그리고 다음 순간, 나는 그것이 틀림없이 운명이라고 생각했다.

굳이 운명이라 함은 김은모 번역가가 나에게 큰 영감을 준 『미소 짓는 사람』뿐만 아니라 나에게 처음 일본 미스터리 세계를 가르쳐 준 『밀실 살인 게임』 또한 그의 작품이었기 때문이다. 별 것 아닌 우연이라고 생각할 수도 있겠지만, 나에게 김은모 번역가는 틀림없이 이상한 나라로 인도하는 시계 토끼 같은 존재라고 믿는다.

그후로 나에게 김은모 번역가는, 어떤 책에 대한 보증서 같은 사람이 되었다. 믿고 읽는 번역가. 그것은 단순히 번역가로서의 능력을 넘어 작품 선택에 있어서 나와 무섭도록 비슷한 취향을 가졌다는 점에서였다. 좋아하는 작가의 읽을거리가 떨어질 때마다 나는 그를 찾았다. 그마저도 이제 그의 번역물을 모두 읽어 치운 탓에 오랜만에 들은 그의 신간 소식에 이리 발걸음을 하지 않을 수 없었다.

익숙하게 문을 열었다. 컴퓨터를 두드려 자료 번호를 검색하지 않아도, 내가 읽고자 하는 작가의 책이 있는 곳은 눈 감고도 찾아갈 수 있었다. 그렇지만 오늘은 이례적으로 신작 책장을 찾아갔다.

아, 역시 있다. 아직 누구의 손도 타지 않은 듯 깨끗한 새 라벨을 붙이고 고이 잠든 책이 있었다. 기분 좋은 기대감에 심장이 두근거린다.

이상한 나라에서 또 하나의 문을 발견한 순간이었다.

이 문을 지나면 난 어디에 있을지, 그가 날 또 어디로 데려다 놓았을지는 아무도 모른다.

후기

내 책을 출판한단다. 이 놀라운 사실에 가장 처음으로 한 생각은, '그럼 내 책도 국립중앙도서관의 책장에 꽂히겠구나!' 하는 것이었다.

내 앞으로 남은 삶에 있어서, 내가 쓴 어떤 것이 그 책장에 꽂힐 일이 있을까? 그러니까 지금은, 일생일대의 기회인 것이다. '나'를 그 전체에 포함시킬 수 있는. 그래서 더 많은 것을 쓰고 싶었다. 내가 좋아하는 지금의 '나'의 사소한 것들을. 아래는 그런 내 작은 이기심이다.

존재만으로 언제나 위로가 되는 내 친구들, 도하현, 안영빈, 진주은, 홍수경. 최근 펑펑 울면서 본 영화 coco. 최근 4년간 기다리며 좋아했던 메이즈 러너 시리즈. 내가 정말 좋아하는 밴드 RADWIMPS. 최근 정말 재미있게 보고 있는 만화 랑또 작가님의 '가담항설', 오랫동안 좋아하고 있는 만화 SIU 작가님의 '신의 탑', 나의 감성에 가장 큰 영향을 미친 후은 작가님의 '별의 유언'. 최근 맛있게 먹은 vinplus의 잠발라야 리조또. 또 MARVEL, 기대하고 있는 블랙 팬서와 인피니티 워, 이마트 노브랜드 밀크초콜릿. 내 사랑하는 인형인 동생들, 몽몽, 퍼그독, 코초롱, 멜롱, 거북, 몽, 물개웅, 청.

그리고 하늘,

이제 이 책을 덮어야겠다.

틀림없이 바쁘고 고달플 삶에서, 지금까지처럼 이따금 좋아하는 영화를 보고, 책을 좋아하고, 음악을 사랑하고, 종종 하늘을 올려다보며 감탄할 여유가 있기를.

나를 사랑해 주는 이들을 사랑할 수 있기를.

나의 사람들이 걷는 길이 결국은 행복으로 이어지기를.

그리고 나의 하나님, 나의 아버지. 그가 주신 재능으로 항상 감사하며 그가 예비하신 길을 따라 걷는 삶 되기를.

또바기 언제나, 한결같이, 꼭 그렇게

WRITING / PHOTO. 김 규 랑

김 규 랑

잘하는 것도 뛰어난 재능도 없는
평범한 고등학생. 새로운 것을 도전하기엔
용기가 부족한 그런 내게 다가온 한편의 이야기들.
그 작은 이야기들이 모여 꿈에 다가가는
첫 발걸음이 되었다.

관악부

　중학교 2학년 때 학교에 있는 관악부에 들어가게 되었다. 1학년 때는 신청 기간이 끝나서 못 들어가는 줄 알았는데 친구가 언제든 들어갈 수 있다고 해서 신청하러 갔다. 친구가 선생님께 말하니까 흔쾌히 알았다고 하셨고 친구가 같은 악기를 하자고 해서 무슨 악기인지도 모르고 '유포늄'이라는 악기를 하게 되었다.

　그 악기는 태어나서 처음 접해 보는 악기였다. 튜바랑 비슷하게 생겼는데 더 작고, 튜바가 낮은 음역대라면 유포늄은 중저음 정도 되는 음역대를 가진 악기였다. 또 한 가지 신기한 점은 피스가 트롬본과 완전히 똑같다는 것이었다. 처음에는 선배가 소리부터 내라고 해서 계속 소리를 내기 위해 노력했고, 점차 늘어가면서 합주에도 참여하게 되었다.

　관악부 안에는 같은 학년 친구가 꽤 많아서 금방 친해졌다. 좋은 추억도 많이 쌓았고 사건 사고들도 많이 있었다. 관악부 내에서 친구끼리 갈등이 생겨서 학교 폭력까지 갈 뻔했던 사건도 있었고, 합주실 안에 거울이 깨졌는데 범인이 자수할 때까지 집에 갈 수 없었던 사건도 있었다.

친구들끼리 많이 친해지고 따로 만나서 놀기도 했다. 시내로 모여서 논 적이 있었는데 단체 사진을 남겼었다. 근데 지금 보면 정말 별로다. 옷도 제각각이라서 다 따로 놀고 역시 중학생 티가 팍팍 난다. 정말 답이 없다. 특히 내가 제일 심각해 보인다. 머리가 긴데다가 앞머리가 없어서 귀신같 기도 하다. 다들 사진을 보고 자기들도 역시 아니라면서 날 잡아서 제대로 다시 찍기로 했다.

한 친구가 부모님 일 때문에 1년 동안 미국에 간 적이 있다. 그때 그 친 구 이별 파티를 해준다고 관악부 친구들끼리 계획을 짜서 실행했는데 깜짝 파티는 심각하게 망했다. 풍선도 많이 불고 먹을 것도 그 친구가 좋아하는 것 위주로 준비하고 롤링 페이퍼도 열심히 써서 준비했다. 그 친구가 pc방 에 있을 때 딴 친구한테 전화해서 우리가 오라 하면 데리고 오라고 했는데 그때부터 눈치를 챈 건지 들어왔을 때 다 같이 노래도 불러줬는데 아무런 반응이 없었다. 원래 감정이 좀 메마른 친구라 기대도 안 했지만 큰 '실패 파티'가 돼버린 건 어쩔 수 없었다. 그렇게 그 친구는 떠나고 우리는 노는 횟수가 확연히 줄었다.

마지막 하계캠프를 갔을 때였다. 연습도 잘 하고 좋게 잘 지내다가 마지 막날 밤에 각자 방에 있어야 할 시간에 후배를 우리 방에 데리고 와서 놀아 서 일이 되었다. 둥글게 모여앉아서 이런저런 얘기를 하고 있었는데 너무 시끄러웠는지 선생님이 찾아오셨고 문 두드리는 소리가 나자마자 후배들 은 이불 속으로 숨었지만 바로 들키고 말았다. 그 순간 정적이 흘렀다. 선 생님께서 이게 지금 뭐 하는 거냐고 하시면서 나가셨고 우리는 죄책감과 죄송함에 선생님이 들어오실 때까지 무릎을 꿇고 일렬로 앉아서 대기했다. 계속 앉아 있다가 이렇게만 있어서 될 게 아니다 싶어서 편지를 써서 한 친 구가 문을 열고 나가려는 순간 선생님이 앞에 서 계셨고 그 친구는 눈물을 흘렸다. 한 명씩 눈물을 흘렸고 나는 워낙 눈물이 없어서 죄송스러운 마음에 고개를 푹 숙이고 있었다. 근데 한 친구는 눈치 없이 잠을 자고 있었다. 아무리 생각해도 너무 눈치가 없었다. 선생님께서는 한 명씩 다 달래주고 괜찮다고 하셨고 좋은 마무리로 일이 해결되었다.

관악부를 하면서 처음으로 악기도 접해 보고, 해 보지 않으면 알 수 없는 값진 경험도 하고, 많이 배울 수 있는 계기가 되었다. 또 정말 좋은 친구들을 만났다. 우리 모두 서로를 의지하고 믿는다. 여전히 연락하고 사이좋게 잘 지내고 있다. 다들 각자 하는 일이 있어서 자주는 못 만나지만 시간 날 때는 모여서 얘기도 하고 그런다. 관악부를 하면서 맺어진 친구 관계는 평생 끊어지지 않을 것 같다. 이런 좋은 친구들이 있어서 행복하다.

슬픈 진돗개

중학교 2학년 때 아빠가 새끼 진돗개 한 마리를 데려와서 키우게 되었다. 집으로 데려오기 몇 분 전 아빠한테 '진돗개 한 마리를 데려간다.'는 전화를 받았다. 그 순간 너무 좋아서 소리를 지를 뻔했다.

진돗개를 아파트에서 키우기는 무리지만 새끼라서 일반 강아지들과 크기는 같았다. 이름은 '그루' 라고 지어줬다. 처음 왔을 때 언니와 같이 그루를 씻겨주었다. 많이 무서웠는지 계속 나가려고 하고 엄청 떨었다. 씻기고 나서 우리는 박스에다가 푹신한 베개를 넣어 집을 만들어 주었다. 그렇게 점차 그루는 집에 적응하게 되었다.

그루는 평소에도 오줌을 많이 쌌지만 손님이 오면 심각하게 많이 싸서 미리 닦을 준비를 하고 있어야 할 정도였다. 이갈이를 할 때라 그런지 모든 것을 물어뜯었고 잠을 잘 때도 와서 얼굴을 물어 자기가 힘들었다. 진돗개는 성장이 빨라 몇 달 키우다가 마당이 있는 할머니댁으로 보내게 되었다. 다들 그루를 좋아했는데 6개월이 지나니까 성견이 돼버려서 할머니 할아버지께서 힘을 감당할 수가 없게 되었다. 거기다가 훈련도 되지 않아서 너무 날뛰었다. 그래서 할 수 없이 멀리 보내버렸다. 할머니댁에 있으면 보러 갈 수 있는데 내가 모르는 곳으로 보내버려서 행방을 알 수 없었다. 지금도 문득문득 생각이 난다. '차라리 데려오지 않았더라면 상처를 주지 않았을 텐데.' 하고 생각한다. 지금도 어디에선가 그루가 행복하게 잘 살고 있었으면 좋겠다.

개명

내 이름은 원래 '김승연'이었다. 2016년이 끝날 무렵 호적상으로 김규랑이 되었고 그때부터 새로운 이름을 갖고 새 삶이 시작되었다.

솔직히 별일 아닌데 어쩔 수 없이 바뀌게 되었다. 아빠가 회사 이름을 짓는데 그 작명소에서 우리 가족 이름을 풀이해 보고는 내 이름이 별로 안 좋다고 말했다. 언니는 이름을 작명소에서 지어서 그런지 흠잡을 데 없는 완벽한 이름이었고, 내 이름은 그냥 아빠가 '연' 자 돌림으로 괜찮은 한자로 지어버려서 완벽하지는 않았다고 했다. 아빠가 지었는데 안 좋다고 하니까 괜히 마음이 쓰여서 내 이름을 바꾸자고 했다.

소리 에너지라는 작명소에서 후보를 두 개 받아왔다. 그곳은 소리의 기운으로 이름을 만들고 불러 줄 때 좋은 기운이 난다는 뭐 그런 곳인 거 같았다. 여러 가지를 조합해서 좋다는 이름을 두 개 받아왔는데 하나는 '김규미', 하나는 '김규랑'이었다. 나는 갑자기 이름을 바꿔야 한다고 해서 어리둥절한 상태로 그냥 '김규랑'을 골랐다. 예전부터 이름을 바꾸고 싶긴 했지만 이왕이면 예쁜 이름으로 바꾸고 싶었다. 그런데 이렇게 돼 버렸다.

중학교 동아리 친구들에게 이름 바꾼다고 소식을 알렸을 때 친구들이 장난으로 받아들였다. 바꾸는 이름이 '규랑'이라고 하니까 예진이라는 친구는 자기는 예랑이 한다는 둥 또 어떤 친구는 김구라도 아니고 그게 뭐냐는 둥 아무도 믿지 않고 놀리기만 했다.

개명할 때 사유에 동명이인인 친구 때문에 많은 놀림을 받았다 뭐 이런 말도 안 되는 사유로 냈는데 오히려 이름 바꾸고 한동안 더 힘들었다.

1학년 직업의 날, 출석을 부를 때 '김규랑'으로 처음 불렸을 때는 정말 위축되고 어디론가 숨고 싶었다. 1학년 후반에 바뀌어서 다 친해지고 난 후라 진심으로 '규랑'으로 불러주기보다는 장난으로 불러주는 친구밖에 없었다. 내 이름에 잘 적응해서 아무렇지 않게 지낼 수 있을까 하는 생각도 들었다.

그런데 2학년이 되어서 작년에 같은 반이었던 친구가 한 명밖에 없어서 그 친구 빼고는 모두가 '규랑'이라고 불러 주었다. 친구들이 '승연'보다 '규랑'이 더 좋다고 했다. 그 말을 들었을 때 처음 듣는 말이라서 그런지 기분이 좋았고 위축되는 마음이 조금씩 사라졌다. 시간이 지나니까 다른 친구들도 적응을 해서 바뀐 이름으로 불러주었다. 지금은 아무렇지 않고 내 이름에 대해 자부심을 가지고 있다. 완전한 내 이름으로 인식이 된 지도 벌써 옛일이다.

나는 흔하지 않은 내 이름이 좋다.

꿈 없는 고2

제목에서 보듯이 나는 고등학교 2학년 때 꿈이 없었다. 고2 때뿐만 아니라 그 전에도 그 이후에도 정말로 내가 하고 싶은 일은 생기지 않았다. 고1 때만 해도 장래희망에 대한 고민이 크지는 않았다. 그러나 고2로 올라가서 상담자료 종이를 받았을 때 장래희망 칸만 비우고 다 채워 적었다. 처음에는 그 빈칸에 '뭐라도 적자!' 해서 꿈이 없다는 내용으로 꽉 채워 적었다. 그런데 그건 내 소견일 뿐 아무런 효력이 없는 말들이었다. 그래서 바로 지워버렸다. 다음날 학교에 가서 선생님께 여쭈어보았다.

"선생님 장래희망을 꼭 적어야 해요?"

"당연하지! 요즘은 이유를 안 보고 장래희망만 보는 것으로 바뀌어서 꼭 적어야 돼."

"지금 나이에 정확한 꿈이 없는 친구들이 더 많지 않나요?"

"아니야. 아직도 없으면 안 돼."

역시 아나 다를까 딱 상상한 대답 그 자체였다. 난 그 순간 흔히들 쓰는 말인 '현타'가 왔다. 그래서 그 이후부터 다시 꿈을 찾아보기로 했다. 인터넷에 대학정보 입시정보 학과 등을 계속 찾아봤지만 역시 단기간에 꿈을 찾는 건 무리였다.

아무리 꿈이 있어야 한다지만 나는 계속 "꼭 꿈이 있어야 하나? 꿈이 없으면 안 되는 걸까? 나온 과랑 전혀 관련 없는 일을 하는 사람이 더 많은 것 같은데?"와 같은 똑같은 질문을 반복했다.

결국 2학년이 끝나갈 때까지도 장래희망을 찾지 못했다. 나는 내가 어떤 일에 흥미를 가져 본 게 언젠지, 내가 잘하는 건 뭔지 도무지 알 수 없다. 공부라도 잘 했더라면 이렇게까지 고민을 하지는 않았을 텐데 공부도 그냥 저냥 할 만큼만 하는 수준이었기에 큰 꿈을 가져볼 생각조차 못했다. 근데 그렇다고 공부를 잘 하는 친구들도 고민이 없는 것은 아니었다.

내가 꿈이 없다는 생각이 머릿속을 가득 메웠을 때 '스물아홉 생일, 1년 후 죽기로 결심했다.' 라는 책에 나오는 "나에게 죄가 있다면 그건 아마 하고 싶은 게 없다는 죄일 것이다."라는 말이 딱 내 처지를 표현해 주었다. 그래서 나를 더욱 슬프게 만들었다. 하지만 그 책으로 용기를 얻은 말도 있었다. 바로

"가진 게 없다고 할 수 있는 것까지 없는 건 아니지"

라는 말이다. 그렇다. 내가 잘하는 것도, 꿈도 없지만 할 수 있는 것까지 없는 건 아니다.

대학에 별 영향 없는 체육, 음악, 미술 등 예체능도 항상 열심히 했다. 오로지 열심히 한다는 그 자체가 다른 것들을 하게 해줄 발판을 마련해줄지는 아무도 모르는 일이다. 그래서 '그냥 뭐든지 열심히 해보면 어떤 행운이 찾아와 주지 않을까' 하는 희망을 갖게 되었다.

그때 비로소 내 꿈이 시작된 것이다.

내 방이 생긴 아름다운 날

19살 때 이사를 갔다. 19년 만에 처음으로 내 방이 생긴 역사적인 날이었다. 중학교 때부터 나만의 방을 가지는 게 꿈이었는데 이사 가는 계획을 세우고 나서 1년이 남았을 때부터 머릿속에는 온통 방을 꾸미는 생각으로 가득 차 있었다. 나는 방이 생기면 침대, 책상, 옷장, 전신 거울을 흰색 가구로 사고 벽지는 인디핑크색으로 할 계획이었다.

사실 인테리어보다는 나만의 방이 생긴다는 것 자체가 정말 큰 사건이었다. 그때는 하루에 한 번은 무조건 생각해 봤던 것 같다. 그 당시 우리 가족 모두가 '이사하면 어떻게 꾸미고 배치할까'를 의논하기도 하고 미리 마음이 부풀어 있었다. 집의 평수가 넓어지고 새로 지은 아파트라서 모두 들떴었다. 식탁과 소파를 새로 사고 내 가구도 새로 사서 방에 넣어준다는 것이 꿈만 같았다. 애완견만 키우면 완벽한 계획인데 그건 무리인 것 같았다.

이사를 했다. 꼭대기 층이라서 살짝 걱정했는데 경치가 좋고 불편사항도 그다지 없었다. 방 세 개에 드레스 룸도 있어서 원래 집과는 비교도 안 될 만큼 환상적이었다. 원래 살던 집도 몇 년 되지 않은 깨끗한 집이었는데 집이 커진 영향이 꽤나 큰 것 같다. 계획했던 대로 내 방 벽지를 인디핑크색으로 바르고 가구를 다 배치해 보니 깔끔하고 예뻤다. 또 한 가지 환상적인 것은 이사 온 아파트 단지 안에 친구도 이사 온 것이다. 항상 주변에 사는 친구가 없었는데 너무 행복했다. 물론 이날은 내 방이 생긴 역사적인 날인 동시에 아름다운 날이었다.

기적 같은 라식 수술

수능이 끝나고 라식 수술을 했다. 안경을 쓰는 사람들은 모두 공감할 것이다. 안경이 얼마나 불편하고 위험한지.

나는 초등학교 때부터 계속 안경을 써 왔다. 초등학교 때는 안경을 써야 하는 것에 아무 생각이 없었고 심지어 안경이 부럽다는 친구도 있었기에 유전적으로 눈이 안 좋은 나는 아무렇지 않게 받아들였다. 하지만 안경이 정말 무서운 존재라는 것을 느낄 적이 있었다. 공을 얼굴에 맞거나 안경을 쓰고 있는 상태에서 휴대폰이 떨어졌을 때 정말 끔찍한 고통이 뒤따랐다. 고등학교에 들어가서 치장을 하게 되면서 렌즈도 껴보았는데 렌즈 또한 결코 편하지 않았다. 오히려 초점이 제대로 맞지 않아서 안경보다 별로였다. 그렇게 힘들게 고등학교 졸업까지는 안경과 렌즈를 병행해서 썼다.

라식수술을 받기 위해 엄마, 아빠, 언니가 했던 안과에 가서 상담을 받았다. 그런데 검사결과가 눈도 많이 안 좋은 상태인데다가 각막이 너무 얇아서 라식 수술하기에는 부적합하다는 판정을 받았다.

그런데 다음날 안과에서 '검사결과가 다른 사람이랑 바뀌어 버려서 잘못된 결과를 알려줬다' 고 했다. 다행히도 나는 라식수술을 하는데 아무 이상 없는 눈이라고 했다.

그렇게 나는 라식수술을 하게 되었고 새로운 세상과 마주했다. 안경에 눌려서 아프던 날들은 이제 없고 아무것도 끼지 않아도 깨끗하게 잘 보이는 눈이 의심될 만큼 편하고 너무 좋다. 지금까지도 부작용 없이 깨끗한 세상을 마주하고 있다.

약속으로 이루어진 해외여행

　고등학교를 졸업하고 방학 때 한 달 동안 미국에서 지냈다. 내가 미국에 갈 수 있었던 이유는 유치원 때부터 친했던 친구가 초등학교 때 미국으로 이민을 갔기 때문이다. 엄마들끼리도 친해서 가끔씩 한국에 놀러오면 만나곤 했었다. 만날 때마다 고등학교 졸업하고 꼭 놀러갈 거라고 약속을 했었는데 정말 가는 날이 올 거라고는 꿈에도 몰랐다.

　비행기 값이 비싸서 가족단위로는 가지 못했지만 혼자 가는 것도 나쁘지 않았다. 처음에는 혼자라서 많이 걱정했는데 막상 가보니 혼자 온 것이 미안할 정도로 너무 좋았다. 친구가 사는 곳은 미국 캘리포니아 주 오렌지카운티에 있는 도시인 '어바인' 이라는 곳인데 한인들이 많이 사는 곳이기 때문에 의사소통하는 데에는 큰 어려움이 없었다. 또 한 가지 좋은 점은 친구 집에서 지내면 돼서 편했다. 어릴 때부터 친해서 가족끼리 알고 있었기 때문에 모두 편하게 대해 주었다.

　역시 외국이라 그런지 보는 것마다 환상이었다. 그 광경이 너무나도 멋있었다. 조금 많이 걸리지만 차를 타면 미국의 다른 곳도 가볼 수 있고 친구가 안내해 줘서 쉽고 재밌게 경험할 수 있었다. 아침에 눈 뜨면 따사로운 햇살이 반겨주고 밤에는 넓게 트인 창문으로 밖을 내다보면 달과 별이 반겨주는, 꿈을 꾸는 것 같은 기분이었다. 내가 미국 경치를 바라보고 있다는 사실이 믿기지 않았다. 그곳에서는 주위를 둘러보는 것만으로도 정말 아름다웠다. 한국으로 돌아와서도 여운이 가시지 않았고 더 많은 나라를 가보고 싶게 되었다.

가장 빛나는 순간

25세의 나는 몇 년 전부터 여러 복지센터에서 주기적으로 봉사를 해오고 있다.

고등학교 2학년 때 꿈이 없어서 한창 고민이던 시절이 있었다. 하지만 '열심히' 라는 인생관으로 꿈을 시작할 수 있었다.

고2 때 딱 한순간 스쳐 지나가는 꿈으로 '사회복지사' 가 되고 싶은 적이 있었다. 그 이유는 같은 반이었던 도움반 친구 때문이다. 자리를 바꾸는 날 어쩔 수 없이 그 친구와 앉게 되어서 무려 한 달을 같이 보냈다. 그런데 싫지 않았고 오히려 도와주고 맞춰주고 배려해 주는 게 당연하면서도 기분이 나쁘지 않았다. 그 이유로 '남을 도와주는 게 내 적성에 맞을 수도 있겠다.' 라고 생각했는데 한순간, 딱 한순간이었다.

짝이 끝나갈 때쯤 내 꿈은 완전히 깨져버렸다. 갑자기 모든 게 짜증나고 힘들었다. 잘 배려해 줬었는데 그냥 이제는 그만하고 싶어서일까 빨리 벗어나고 싶었다. 그렇게 그냥 스쳐 지나가는 꿈이 돼버렸다. 그때 스쳐 지나간 꿈이 다시 나를 찾아올 줄은 몰랐다.

대학교를 졸업하고 노인복지센터와 장애아동을 돕는 봉사를 주기적으로 나갔는데 그제야 몇 년간 꾸준히 나가고 있음을 깨달았다. 몸에 익어서일지는 몰라도 노인복지센터 할머니 할아버지들과 같이 이야기 나누는 게 일상이 돼버렸고 장애아동을 위한 봉사도 그냥 즐기고 있는 자신을 발견한 것이다. 내가 고등학교 시절에 스쳐갔던 그 짜증남과 벗어나고 싶음이 꿈보다 한순간이었는지도 모르겠다. 봉사를 나가서 가장 뿌듯했던 것은 누군가 내가 행복해 보인다고 말해 주었을 때인가, 아마 그랬던 것 같다.

"선생님은 봉사할 때 가장 행복해 보이시네요."

"아, 그런가요? 저는 몰랐는데."

"제가 본 선생님 모습 중에서는 봉사하실 때가 가장 빛나 보이던 걸요."

"저 그런 말 정말 오랜만에 들어요. 제가 진짜 맞는 일을 하고 있다는 말 같기도 하고요."

봉사하다가 들은 말 중 가장 기억에 남는 말이었다. 가장 빛나 보인다는 말. 사람이 살면서 자신을 빛나게 해주는 일이 얼마나 있을까. 그건 진짜 자신이 행복할 수 있는 일에만 주어지는 것이다. 꿈이 없어서 좌절했던 나에게 이런 날이 올 줄 사실 나는 기대했을지도 모른다. 어릴 때부터 쭉 뭐든지 열심히 해왔던 나에게 내려진 보상 같은 것인가. 그럴지도 모르겠다. 나는 그냥 행복한 일을 찾은 게 꿈을 찾은 것이나 마찬가지라고 생각한다. 앞으로는 더 도전적이고 멋있는 날이 기다리고 있을지도 모른다.

내 인생에서 가장 빛나는 순간이었다.

독립

30살이 되던 해 독립을 했다. 나만의 집을 설계하고 내가 원하는 대로 인테리어를 해서 들어갔다. 예전부터 꿈꿔 왔던 집이 현실이 되는 순간이었다. 한 번도 주택에 살아본 적 없었는데 고등학교 때 주택에 사는 친구 집에 가 보고는 반해서 나중에 독립하게 되면 꼭 주택에 살 거라고 다짐했다.

주택에서 제일 좋았던 것은 옥상에 누워서 위를 올려다보면 맑고 푸른 하늘이 한눈에 보이는 것이었다. 그래서 그때부터 주택의 로망을 가지고 집을 설계한 것이다. 집 앞에는 큰 마당이 있고, 복층으로 되어 있으며, 하늘을 올려다볼 수 있는 옥상을 가진 집이었다. 거기다가 마당에는 큰 성견 한 마리를 키울 수 있게 되었다. 독립하기 전에는 애완견을 키울 수 없었는데 독립을 하니까 마당이 있어서 큰 개를 키울 수 있어 좋았다. 그런데 마당이 생기고 나니까 예전에 키우던 그루가 떠올라서 눈시울이 붉어졌다. 그 당시에 주택에 살았더라면 계속 같이 살 수 있었을 텐데 하는 아쉬움이 컸다. 잠깐 키웠던 진돗개가 떠올라서 슬펐지만 이번에는 상처받지 않도록 꼭 잘 키우겠다고 마음먹었다.

그렇게 꿈에 그리던 하늘을 볼 수 있다는 사실이 너무 좋았다. 평상시에도 수시로 올라갔는데 기분이 좋지 않거나 울적할 때 옥상에 누워서 하늘을 올려다보면 아무 생각이 안 들도록 해주는 효과가 있었다.

2층을 올라가면 위로 창이 트여 있어 실내에서 하늘을 볼 수도 있다. 밤에 그 창을 바라보면 별도 보이고 달도 볼 수 있다.

내가 원하는 조건을 다 갖춘 집이라서 집에만 있어도 기분이 좋아졌다. 지금도 여전히 이 집에 살고 있고 평생 떠나고 싶지 않을 만큼 너무 좋다.

카페는 살아 있다

35살이 되던 해에 언니와 같이 카페를 차렸다. 어릴 때부터 만드는 것에 관심이 많았던 언니와 나는 둘 다 카페에 대한 로망을 가지고 있었다. 게다가 고등학생 때 꽃집을 수시로 이용하게 되면서 꽃집에 대한 로망도 생기게 되었다.

처음 계획으로는 1층에 꽃집을 하고 2층에 카페를 차리거나, 카페를 하면서 꽃을 같이 판매하는 두 가지 경우를 생각하였다. 그러다가 꽃집은 꽃집 느낌이 필요하고 카페는 카페대로의 인테리어가 중요하다고 생각해서 1, 2층을 나누기로 했다. 사촌오빠가 건축, 설계 분야의 직업을 가지고 있어서 언니와 상의한 후 우리가 원하는 대로 설계하고 건축하였다. 아직까지도 죽지 않은 카페 시장의 경쟁력은 인테리어에서 시작된다고 생각했다.

중, 고등학교 때에는 체인점 카페를 이용했는데 나이가 들수록 카페 분위기와 인테리어에 중심을 두고 오히려 사진을 찍기 위해서 찾아다녔다. 시간이 지날수록 규모보다는 인테리어와 분위기, 사진을 남기기 좋은 곳을 일부러 찾아다니는 사람들이 더 많이 늘어나고 있었다.

우리가 차린 카페는 작게 시작했지만 입소문이 나고 SNS에 많이 게시되면서 매출이 많이 오르게 되었다. 꽃을 싫어하는 사람은 드물었고 카페에 방문하게 되면 꽃도 둘러보고 사가는 사람도 꽤 많아서 꽃을 같이 한 것에 대해 만족하고 뿌듯했다.

카페사업은 평생 성공할 사업이라고 생각하고 난 여전히 지금도 꽃집카페를 언니와 같이 영업하면서 재미있고 의미 있는 삶을 보내고 있다.

후
기

내가 쓴 자서전은 내 과거이자 미래이다. 아무도 나 자신을 대신해 줄 수 없다. 나만의 감각, 색깔, 감성들로 우려낸 자기 자신의 모습에 대해 두려워할 것도 없다. 우리는 각자 우리만의 특성을 가지고 있고 발견해내지 못한 무한한 잠재력이 숨어있다. 너무 어렵게 생각할 것도 고민할 것도 없다. 그저 있는 그대로의 나를 보여주는 것이기에.

"때론 살아갈 날들보다
살아온 날들의 발자취가
더 중요하다."

바바라 오코너의 '개를 훔치는 완벽한 방법'에 나오는 말이다.

우리는 대부분 지금껏 살아온 날들은 잊고 살아갈 미래를 걱정한다. 하지만 한 번쯤 자신을 되돌아보는 것도 중요하다. 지금이 딱 그때다. 마침 책쓰기가 나를 찾아와 주었고 이것이 좋았던 과거를 떠올리게 해주고 좋을 미래를 꿈꾸게 해주었다. 행복하지 않을 수 없는 시간이었다.